El Monstruo Mundo

nouvelle

ARS
COMMUNIS
EDITORIAL

El Monstruo Mundo

nouvelle

Azucena Hernández

ARS
COMMUNIS
COLECCIÓN RIOLAGO

El Monstruo Mundo
Azucena Hernández

Copyright © 2016 Azucena Hernández
Copyright © 2016 Ars Communis Editorial

Director de colección Ríolago: Fernando Olszanski

Todos los derechos reservados
ISBN-13: 978-0997289008
ISBN-10: 0997289007

Portada: Ilustración de portada: Jair Tapia
Diseño: Franky

El Monstruo Mundo

1

Entre la pereza que embargaba los días, pude, con insospechado valor contra la abulia, escribir las variaciones de una frase. Sencilla, trillada, inútil: *La vida es reducible a lo insignificante* o *La vida es reducible a la insignificancia*. Esto cuando recordé sentir la droga en el cerebro, luego el golpe pesado de mareo y náusea. Insoportable realidad de plomo. Arcadas y vómito de bilis. La cabeza echada hacia atrás. Quería yacer, lanzarme sin lucha a la caída, en el vértigo compartido de algún sospechoso éxtasis, pero manos aviesas no me permitían el completo abandono al sinsentido.

Levántate y anda, dijo D. a pesar del sopor compartido. Levántate, anda, siempre es así la primera vez.

Todo surgió por mirar al techo, por ideas, lecturas, guiños como caricias que se prenden al cerebro cual ácaros infecciosos. El abanico girante revolvía aire espeso de encierro y agosto. Aún podía pensar en la concepción circular del universo, aspirantes a la forma perfecta, impostores de geometrías, aduladores de elipses en expansión: una esfera espantosa cuyo centro está en todas partes y la circunferencia en ninguna. Cuando creemos que nada sucede una infinita cantidad de insignificancias se enuncian según accidentes y órdenes sintácticos y gramaticales respectivamente preestablecidos:

Un viento aleve sopla las hojas bicolores de un álamo; el tumbo del mar las olas del ramaje. Un día de campo familiar y dominguero, impresionista como un bello recuerdo. Una muchacha recoge una hoja seca, mariposa desplomada, de la hojarasca seca que alfombra el patio de una casa. *Una niña toma una nieve en la esquina de una calle soleada.* Un reloj tictactea, y el péndulo; una sístole, una diástole. Un infinito gratuito, agraciadamente indiferente. Y nuevamente el abanico trémulo de la habitación blanca.

Pensé en la evasión del relajado aturdimiento de la marihuana, y lo externé como quien dice tengo sed, ¿Tienes marihuana?, necesito unas fumadas.

D. me observó. En sus ojos había el hálito de una imagen espejo, tal si del lado opuesto de una catarata me lanzara una cuerda temerosa de un traspié, azor equilibrista sobre el alambre que ata su mirada con la caída del torrente engullidor.

Dame media hora y te mostraré algo mejor, lo prometo.

D. era de palabra. Extraña expresión, la palabra; traiciona a cada instante sus motivaciones y sus efectos, pues el defecto de la palabra fue el mundo, seis días de labores extenuantes y uno de afasia.

2

Las palabras, todas, comprendían una falsa propuesta, un indicio no logrado; su escollo a veces parecía no decir nada. Olvidar las prometidas palabras cuando ellas mismas me olvidaban, e ignorar el pronunciarlas y el pronunciarme. La gramática y la sintaxis se rebelaban entonces cuando intentaba dar las gracias por una vuelta de cambio, y se me quedaba el aturdimiento en la lengua y la confusión en las ideas. Era estar desaprendiendo a hablar, y las palabras caían en una inmensa grieta que me separaba del mundo en riadas que reventaban en un fondo de habla sin sonido.

Balbuceos en el oscuro eco de la noche que es la mente. Sonidos sin sonido, sin sentido. Problemas del lenguaje.

Y solamente compré cigarros, en la tienda abarrotera que queda frente del edificio.

3

Mientras D. volvía fue muy fácil no pensar en el incidente. Pude distraerme en mis solitarias contemplaciones recreativas: la caja de zapatos que habitaba. Una pieza minúscula y blanca en un departamento compartido. Un simulacro de ventana, que en realidad era un cristal señalado en la pared cubierto por una persiana azul, se dirigía a una estancia de suelo deslustrado por un perenne paso, en la que las otras piezas del departamento convergían. Existía un olor de casa vieja y perpetuo encierro, humedad y hollín de tabaco, el fragmento de un recuerdo emanaba ajeno y perdurable, cansado por porfiado. Era el paisaje recurrente de mis días. De entre un montón de libros revueltos y lecturas en proceso continué la que tenía en turno.

...*te herirá con locura, ceguera y turbación de espíritu; y palparás a medio día como palpa el ciego en la oscuridad, y no serás prosperado en tus caminos; y no serás sino oprimido y robado todos los días, y no habrá quien te salve.*

Palabras rebosantes de hostilidad y promesa implícita. Dios vengador. El producto tenaz de una ineludible falta de fe, así cuando se deja de creer, tan de repente, como cuando el amigo íntimo de la infancia se muda de ciudad, así nada más.

Pero D. volvió, y extendí mi brazo trémulo, sin fe pero con miedo temerario. Ya me habían hablado antes de los artificiales estados opiáceos productores de una felicidad ilimitada, de la embeleca autosuficiencia, del desinterés ansiado. Y yo no sufría pero feliz no era. No obstante, ¿cómo era posible la rauda dependencia a la droga si sus primeras aplicaciones resultaban desagradables en la mayoría de los casos? En el mío, por ejemplo.

En ese momento claudiqué, el cuerpo laxo y la mente somnolienta no dieron para más. Ya no importó nada. El precepto de *Nunca nada es importante* encontraba su apropiada adecuación a las circunstancias. D., indolente, reclinado sobre la única silla de la habitación, cerraba los ojos y se deslizaba impertérrito bajo el flujo de un apacible río de verano en mediodía. Buceaba.

4

Conversaciones imaginarias en las que la voz propia me despertaba, una palabra, una frase, un jaloneo de la noche. Hablaba con alguien que tampoco existía. Las palabras manaban como de la fuente al río. Borborigmos de plácida tristeza, de temas trascendentales para una criatura cotidiana: de la última salida de un tren que iba hacia las montañas, del clima tórrido y la escasez de lluvia, de las metáforas del agua, de los sueños más reales que la burda vida, de los éxitos y los fracasos. El camino hacia una punta de cielo.

¿Qué significaba entonces la idea de éxito? Porque para definir éxito primero habría que definir fracaso, y ciertas acepciones no me parecían sinceras.

El debate de ser los elegidos entre millones en el más vano de los sueños.

Y la vida a veces se me mostraba anodina: No comprendía, y probablemente nunca lo haría, el derecho, el sentido, la forma o formas en que la vida me arrojaba algún jirón de sí misma, y adquiría la culpa como algo personal. Culpa que nadie posee sino a tientas, nube que se alimenta de miedo y flota a unos metros de la calle; termina por impregnarlo todo.

Impresiones impuestas que del mundo recibo, que no me incumben, que hay que soportar como si no fueran mías. Falla dada de antemano en la matriz, repetible hasta el infinito. Grieta que se abre y me separa del mundo, herida en la cabeza que todavía sangra, perdida y recuperada tardía, ineficazmente.

Escisión.

5

No obstante mi personalidad adictiva aspiraba a algo diferente que la etiqueta de *junkie*. Ese día muy temprano aseé la habitación, me lavé concienzudamente y bajé a la calle a desayunar café oscuro y jugo de naranja natural, el motor del extractor ronroneaba estridente su ruido. Estaba sensible; algo quedaba de ayer, borroso y turbio.

¿Llegaría un par de horas más tarde?

Luciría radiante, plena de energía y optimismo. De su breve viaje me habría traído un obsequio: un libro; haría a un lado el que yo leyera, para palparlo. Sentiría gratitud. Platicaría de los inconvenientes del viaje para luego interpelarme sobre mis actividades: Leí, he estado escribiendo, me gustaría responder. Haría unos comentarios bíblicos y recurrentes que me hicieran ver inteligente mientras bajáramos a tomar una cerveza al bar; se quejaría entonces de la comida ofrecida en los aviones. Y en realidad me daría un gusto enorme su compañía, sentiría fuertes ganas de abrazarla, ganas de extrañarla.

Hablaría de proyectos, me invitaría a colaborar, asentiría. Habría conocido a alguien, por lo que se le veía contenta, inquiriría. Probablemente se volverían a ver, seguirían en contacto. Sentiría gusto por ella, por él aún sin conocerlo, por la empatía lograda. Sentiría celos y el sentimiento de quien se queda y dice adiós. Seguramente la hubiera extrañado más: un desconcierto me invadió desde la nuca a los pies con ese sudor frío que se empoza en las manos, con una extinción de palabras, con un ahogo en la garganta. Después de todo hablo de alguien que no existió, a ella le tocó ser otra persona de acibarada apariencia, desigual porque la hicieron perder con ruindad, porque casi se ofreció en tordo vuelo al sacrificio.

Para finalizar, nos despediríamos en la calle atiborrada de gente y carros. Tenía que volver a trabajar a casa en la redacción de unos textos, pero el recuerdo de la habitación me invadía de tristeza, acaso era el ayer inconcluso, una realidad no amortiguada aún.

6

Había periodos en los que deseaba la muerte ajena y propia; en los que deseaba, en un triste café chino, que entrara un trío de músicos ambulantes con guitarra, armónica y pandero y una mujer obesa y sonriente cantando, o un enano de circo haciendo malabares.

Había periodos en los que simplemente no había deseo ni músicos ni circo, y ése era uno de ellos.

7

Tenía serios problemas con el dinero; en realidad, el único problema se reducía a la privación de él: pagar la renta de la pieza que habitaba, comprar comida, cigarros, bebida. Me tenté a tocar a la puerta de D. y pedirle un pequeño préstamo pero creí que ya suficiente era que me invitara drogas esporádicamente. El dinero constituía un motivo de angustia en la que las metafísicas se anulaban conscientemente para dar cabida a la objetividad. Envidiaba a los sucios mendigos abarrotados en la calle. Abandonarlo todo: ilusiones consumistas, dignidad (sic), lo que la gente llama el sentido común, todo abstracciones, y lanzarme a una vida silvestre y sin aprensiones materiales, mas que un tibio y turbio basurero en donde dormir y un pedazo de torta arrojado conformaban en mí un furtivo deseo incomunicable.

Pero no precisamente. Una vez, en un documental, en una calle cualquiera, entrevistaban a los transeúntes quienes eran interpelados sobre la posibilidad de un deseo realizado: *¿Qué deseo pediría?* Prueba salomónica, onettiana.

¿Había que desear algo acaso? El desempleo me había creado grandes trastornos psicológicos; la angustia me corroía al palpar las tarjetas inservibles de mis vanas cuentas de banco. Economizaba las comidas, los "gastos superfluos" como la inversión en libros y revistas, finalmente las bibliotecas desempeñan una función pública, aun economizaba en drogas y licor barato.

Entonces D. intervino. Cuando tocó a mi puerta parecía agitado.

¿Te estoy interrumpiendo?, ¿hacías algo importante? Mira que pasaba justo por enfrente de tu puerta, en realidad cualquier inquilino que saliera o entrara a su respectiva pieza estaba obligado a pasar por delante de cualquier puerta habida en el departamento, *quería, quiero, saludarte: hola,* hizo una

pausa como aguardando el hola protocolario de la mínima cortesía. *No fue mi intención que te sintieras así la otra vez, uno se malviaja a veces,* vi una nube cruzar por su mirada como la que yo veía en mis ojos cuando un espejo me enfrentaba. *No me mires de esa forma, ¿me odias?,* lo de aquella vez no importaba demasiado, no fue, ni sería la única ocasión en que la mente me mostraba infiernos insospechados, espacios vacíos para desempeñar la agonía. *No quiero estar solo, por un rato al menos,* anda, esbozó una sonrisita que malamente disimulaba cierto nerviosismo. Miré sobre su hombro, la estancia central del departamento se encontraba también vacía. *Por favor,* rogó, entonces abrí por completo la puerta y D. caminó hacia la silla, junto a un escritorio que hacía las veces de comedor.

D. podía resultar conmovedor cuando me decía "me siento solo", para luego sustraer de la cartera un papel arroz, del bolsillo del pantalón el habitual paquetito de mariguana y liar un vasto cigarro según sus altos niveles de tolerancia. Entre las volutas de humo de la yerba quemada D. se distorsionaba. A veces decía cosas.

Entonces olvidé mi desempleo e imaginé una burbuja verde, blanda, que me absorbía, límpida, ligera.

Siento que me voy a morir, interrumpió D. el momento absorto, serio.

Pausa. Y yo irrumpí en risas, desbordantes, salidas de no sé dónde, de un pozo profundo, líquidas, heladas, de una fuente, continuas, histéricas, río de risas, cortina blanca, catarata. Ja ja ja ja ja. Y la mirada de D. sorprendida, precipitándose, estallante su risa como el trueno, la habitación hecha humo, los ojos hinchados, lagrimosos. Ja ja ja ja ja. El vientre dolorido, extrañado. Se diluían las risas en el agua, revueltas para hacerse turbias, más lentas, decrecientes, angostándose en gotas intermitentes, huyéndose en la coladera. Ja.

Yo también siento que voy a morir, pero eso no pasa siempre. Tampoco tiene mucha importancia: la muerte.

La burbuja tenue implosionó, dejó un tacto de mandíbulas viscosas, desesperadas de sangre. Quería que D. se marchara.

8

Nada. El vacío contenido en una vasija. Doblemente vacía. Tres veces frágil. Descascaramiento. Gastadura que rezuma el tiempo. Estremecimiento de golpe añejado. Añadidura de capa superpuesta. Remache soberbio.

Y nada, la nada en el vacío. Cuatro veces muerte. Somnolencia de olvido. Vasija de los sacrificios. Contenedora de corazón arcaico, para comerlo, para tragarlo. Tibio músculo ahíto de latido lento. Sueño. Siete veces muerte. Cinco desgarramiento, seis soez deseo.

9

Conseguí un empleo de medio tiempo en un establecimiento de pizzas. D. fue el intermediario. Por lo pronto bastaba, recibiría un sueldo aunque escueto y, al menos no me echa-rían del departamento.

El local de comida se convirtió en un lugar habitual, ubicado en una zona de oficinistas, especie de tugurio para éstos, quienes iban a comer y beber cerveza. Ese día doblé cajas, cientos de ellas. Después de doblar y armar la prime-ra todo se convertía en un impulso mecánico y reiterativo. Caja tras caja apilada una sobre otra, muros de cartón pardo que después soñaría.

Seguidamente de la hora asidua, cuando ya los comen-sales volvían a sus trabajos, a instalarse tras pupitres o es-critorios, se iban cargando la apariencia lenta y colmada del que, con el estómago ahíto de embutidos, harina y cerveza, ha cumplido con la vida. Me correspondía entonces pasar un trapo sobre las mesas y el mostrador, por el desorden impuesto en el sosiego de lo cotidiano. Limpiar la primera mesa fue una escena promontorio de desconsuelo; a la alga-rabía del hartazgo le sucedía la desolación de la suciedad, como cuando una fiesta se acaba y todos parten.

10

Frente a mi casa jugaban los niños pobres, y yo más pobre aún, carecía de palabras para invitarme a sus juegos. Frente a mi casa se drogaban los jóvenes que comenzaban a tron-char las flores de la muerte joven. Y pasaban los borrachos a altas horas de la noche salpicados de estrellas en los ojos. Y la prostituta Nena (se llamaba Azucena), gorda y vieja fichaba en los burdeles azules de Barrio Azul. Y muchos terminábamos siendo criminales, drogadictos o putas, porque había que ir tirando, desprenderle gajos jugosos a la vida pero la vida sólo nos daba miasmas.

Éramos los herederos: un par de zapatos usados, un vestido que nos quedaba grande, la deuda del féretro de un padre, el resentimiento porque sólo nos tocó la peor parte.

11

Daban ganas de llorar de oír los hornos encendidos, del crepitar la carne con su grasa. A través del cristal de las ventanas se traslucía la noche pródiga. Daban ganas también de estar fuera y en camino a casa. Ojeda frente a la caja registradora veía también hacia fuera; parecía una buena persona, el patrón. No comprendía el motivo de la mirada gris que yo echaba a su alrededor: el fracaso. O era acaso que proyectaba la sombra del mío propio. No comprendía por qué no se consideraba un desdichado a pesar de tener todos los motivos para hacerlo. Silbaba canciones felices mientras colocaba los embutidos o extendía la masa. Bajito y obeso, me permitió irme a casa.

La noche aún era cálida, húmeda por una breve llovizna, y caminaba por la acera sucia recordando, cual llamado inesperado a la ventana, la casa en la que crecí, ceñida por calles de tierra en el árido norte y por un viento seco en el que se materializaba una nostalgia futura.

12

Era el reino en sordina de la monotonía. Si tan sólo pasara algo, divagaba mientras manoseaba el control de la televisión. También pensaba que era mejor que no pasara nada pues los cambios me afectaban abrumadoramente. No el trabajo para lograr armar la costumbre, sino un rompecabezas de difíciles piezas que apenas terminado es destruido implicaba una terrible traición. No, no era un ser novedoso apegado al matiz voraz de lo vario; los esquemas preestablecidos me satisfacían, aun su disfuncionalidad.

Ese día se habían cumplido veinte años de la caída del muro. La televisión mostraba imágenes de aquel Berlín escindido. El pasado ya no decía nada, sólo un montón de gente desesperada tratando de derribar un ancho muro. El pasado decía entonces desesperación. Si acaso fuera posible cambiar el mundo, derribar los muros que nos separan de los otros, de nosotros mismos. Si acaso fuera posible un mundo sin muros:

Me comencé a marear y a sentir la náusea, como si el barco se estuviera moviendo. (Por otro lado, la posibilidad de un terremoto era algo latente, pero esta vez temblaría hasta el cielo, y las aves, desorientadas, caerían en picada, todas, bombardeo de estrellas pirotécnicas, ¡feliz año nuevo! ¡Hurra!).

Mis tardes transcurrían en este tipo de devaneo trasnochado a lo Lennon. El tiempo de las revoluciones había sucumbido y yo había nacido con municiones de derrota y de escepticismo. Alborotadores, paristas, huelguistas sindicalizados eran objeto de mi desprecio y lástima. Desprecio por todo lo que se moviera sosteniendo una pancarta y cantando una consigna política. Desprecio y tierna envidia por el cándido compromiso social.

La contestación revolucionaria supondría la creencia en una nueva moral, clase, humanidad.

13

Otro día la cosa fue lerda, había amanecido enquistada en alguna parte: soportarme, levantarme, ir a la ducha, tomar un café con leche con el implícito cortejo del Café, y caminar el camino al trabajo y de regreso a casa, en compañía de mis pies que parecían no ser míos.

A pesar de la prisa de los que empujaban por ganar un asiento en el transporte, por ganar espacio y tiempo, a pesar de la prisa, era un tiempo detenido, y no quería que terminara. Una pausa indeterminada. Sin embargo, mis milenarios monstruos insistían. El tiempo muerto revivía en sueños, y no era precisamente placentero, saltaba con sus fauces de bestia en celo y atacaba, cazaba, seducía a la presa vulnerable.

14

Una impotencia hacia la vida, un destino hacia la muerte. Sinceramente no sabía si quería morir, sinceramente no sabía si me importaba. Una vida de estulticia, una vida llena de oquedad. La llenaba con una placidez de novedad y alejamiento; pero la vida seguía siendo igual, transcurriéndose en su inconmovible flujo. Y estúpidamente hablaba de la vida como si el nombrar solucionara algo. Algo: el estado de ser aquí, el estado de no poder ser, de un querer y una búsqueda de la forma o formas que se adecuan al vacío, el constante vacío insulso y el estado de discapacidad para vivir plenamente.

Para dormir plenamente. Pensé en las horas de vigilia necesarias para volver loco a un ser humano encerrado en una noche con toda una filosofía del hastío; noche que rezumaba el transcurso de varios días, de toda una vida y una civilización. Fumé un cigarro en el baño; la luz pajosa empañaba aún más el sarro de la baldosa, una claridad de aire accedía por la ventana suficiente para ventilar el humo de mi tabaco. Los sonidos de la noche impelían una rara tristeza. No, no era nostalgia por el recuerdo de una dicha perdida pues no lograba recordar alguna. El olvido no discrimina y la memoria resulta conformar un mecanismo de edición misteriosa. Los vehículos nocturnos runruneaban una repetida canción de paso. El cielo invertido de la ciudad parpadeaba, y yo, hesitando, fumaba.

15

Esa noche creí que sería feliz si pudiese dormir porque no
dormía, si pudiese cantar con buena voz porque no cantaba,
si pudiese tener lo que no sabía. Sería feliz durmiendo:
...en el cielo maldito de traición de odio eterno
...tus nombres: coprofagia, sodomía, masturbación
...tu reino asesino enfermo
...tu voluntad en la podredumbre, en la pederastia en el
resentimiento
...en la tierra... engullidor de tus hijos
Perdona... suicida egoísta
...en tentación del fracaso soberbio
Líbranos

16

Los domingos son días torpes, arrastran la somnolencia de
los días anteriores y el tedio de los posteriores. A pesar de
la visita del insomnio, ese día muy temprano salí a andar
por ahí. La mayoría de los establecimientos aún no abría.
Compré un periódico y me metí a un café con la zozobra
de la espera rutilante por la ausencia de no saber qué cosa.

De fondo a la mesa una pared roja obstaculizaba el im-
perio de la gris luz matinal de los ventanales. En esa opacidad, individuos discretos podían mantener su anonimato
resguardado. No obstante y muy a pesar de mi empederni-

do hermetismo comencé a llorar. *Y no saber por qué.* Un acto de fe desplazado hacia la ventana para ocultarlo de los otros y evitarles espectáculos patéticos; sin embargo un niño me miraba furtivamente y volvía la atención a un hombre que le hablaba sobre recompensas futuras a cambio del comportamiento digno de ser hijo de.

(El llanto doloso cuando tiene espectadores provoca un malestar similar al que deviene cuando un sucio vagabundo irrumpe con toda su mugre a cuestas a un caro establecimiento franquicia norteamericana y extiende la mano que precisa dinero. El afortunado caritativo estira a su vez un billete de diez dólares cuando apenas ha mirado al hombre menesteroso, y vuelve rápidamente la vista a su *lap top,* como si intentase suprimir esa visión desagradable con la tecla *Delete.* El billete de diez dólares fue un pasaporte para todos cómodo: pase de salida para el vagabundo; y para el filántropo casual el alivio de su desasosiego, del casi imperceptible estremecimiento de los frágiles cimientos que sostienen el precepto de las sociedades profesionales de la actitud.

¿Por qué esa incomodidad, intranquilidad o inexplicable culpa que asoma como el relieve mimético de una lagartija, y que en breve es olvidada, voluntariamente solapada, para que nadie note nuestra gran vergüenza, con un billete de diez dólares? Pagar por sexo debe ser un sentimiento similar. Nadie debe cuestionar a la persona que intercambia relaciones sexuales por dinero, o viceversa, nadie a quien se exhibe en pésimas condiciones para obtener lo mismo; en el fondo, ésas parecen ser las actitudes primigenias, el resto es deformación y prejuicio.)

Las lágrimas silenciosas insistían en resbalar; pagué por un café con leche casi terminado, sabía que si lo tomaba negro terminaría devolviéndolo; el cajero oprimía mecánicamente los botones de la registradora sin prestar atención más que al billete que le di. Mi sistema nervioso se resentía. Consumí el resto mientras caminaba y fumaba.

Los domingos son días como un reloj desteñido. Me detuve: consideré inútil mi paseo, mi cansancio, mi resaca, el sol anterior al mediodía que incrustaba cruces en mis ojos. La carencia de horas de sueño invitaba a permanecer en cama ¿por qué había salido de casa?

Debajo del domingo estaba mi nombre.

17

En el principio era el miedo. A subir las escaleras que me llevarían al cuarto piso. Al ojo de la cerradura dispuesto a tragarse la llave, a tragarme y mantenerme en la habitación entre jugos gástricos de enloquecimiento absurdo. De abrir un libro. Al parpadeo y al sueño poblado de monstruos. A ti frente al espejo, como si fuese otra persona, otra que pensando se queda, otra de la que no sé nada. Otra cada vez más diferente, que se aleja olvidando, olvidada de sí misma. Irreconocible, inaprensible persona. Confuso, borroso miedo. Disolución.

Me sucedía casi siempre, el pasmo continuo de cierta interferencia en mi modo de estar. Estática pura, código incomprensible, caótico, que no dice nada. La señal perdida en el televisor. Falla en la recepción de imagen. Recordaba un paisaje desierto de la infancia onírica, angustia desolada de llaga escarada. Miedo limpio, infinito tal cual Dios si éste existiera. Al fin y al cabo miedo, con Dios o sin él.

Pensé en devolver la vida, argüir un defecto de fábrica; obtener a cambio la viable sobrevivencia al cercenamiento de venas, a la sobredosis de botiquín casero crecido con esmero y fin, a la larga agonía que provocan las ideas, al tiro en el cerebro: pum. Sobrevivir al gusto de vivir, y aún más, sobrevivir al dolor del mundo y a su felicidad enloquecedora. Pero ser mártir es aburrido.

Entonces y muy a pesar de mis múltiples supervivencias y metamorfosis la vida continuaba probablemente un poco maltrecha, con rasgaduras y escaras, algún miembro fantasma amputado. La certidumbre consciente de una pérdida, una vez. Sin saber el dónde, el cuándo o el cómo, reconocía la carestía de algo que por derecho natural me correspondía. Puesto que debo vivir y no me suicido.

18

La luna pañosa era llena en la noche escasamente nublada y un rayo de luna bañaba un rostro triste, la ristra de mis tribulaciones. En todos los silencios de afuera ningún perro ladraba, y eso que era agradable y fresca, la noche, tributaria de una soledad arcaica.

19

Hay quienes se suicidan por nada. Hay quien dice que el secreto de la vida es el dolor; afrontarlo, ser luchadores hasta la muerte a sabiendas del fracaso dado de antemano. Saber que todo es inútil es el segundo secreto al que se llega empapado de un agua turbia y con el alma ceniza todavía escurriendo, con unos zapatos que cansan los pies, que cansan la tierra que pisan.

Hay caminos exhaustos que abdicaron, y que a un lado de sí mismos avanzan hacia donde nunca fueron dirigidos. Hay caminos que se miran perderse detrás de una colina. No es cobardía, sino carencia de ímpetu: la última imploración de una pauta.

20

Había también sueños, pozos de agua turbia y pesada, continuidad de la vigilia y del desconcierto, libertad del pensamiento afligido sin el consejo de auto ayuda que reza: *No estés así.* Y el despertar era nunca haber despertado a la vida. Todo parecía más real mientras dormía, todo más auténtico, y una falsedad implícita cual polvo necio cubría todos los muebles, pocos, de mi mente. Tenía la certeza, probablemente falsa también, de que todo era inútil, pero no por eso iba a quedarme en cama vegetando, aunque las plantas detentaran algo de envidiable y secreto.

Me levanté cargando el letargo del sudario. Me dirigí al baño y lo primero que vi fue mi rostro, inexpresivo y modorro, casi por desvanecerse de mi cuerpo. A veces fantaseaba en tomar la pistola del cajón paterno, un revólver 22 pequeño y erostratiano, cuando veía cabezas estúpidas de cierta gente estúpida, y afrontar con el revólver su miseria.

Agujerear cerebros cuando veo el espejo.

Lavé con agua fría mi cara y casualmente se desvanecieron tales ideas por recovecos y hendiduras, como cucarachas cuando la luz se enciende, aunque algunas habían aprendido a no temerle. Prendí el televisor en el noticiario de la mañana y comencé a vestirme: el saldo de mis muertes citadinas, de los hombres de lúgubres negocios, de las mujeres que se lo merecieron por putas. Oía el noticiario y percibía un ligero empaño en el espejo y me empeñaba en limpiar la indeleble y persistente mancha:

La asepsia es una forma de ascetismo.

Frente al espejo comencé a sentirme diferente: fue un despojarse de las vestiduras y del torpor de la noche para ataviarse con el disfraz, a la par que la ciudad se viste de sol y actividad por la mañana. Me sentí bien pero pensé con miedo que ese bienestar con sabor a rutina se esfumaría:

Mis estados emocionales tan vulnerables y a expensas de sabe qué cosa, de sabe qué hilos movidos por un extraño titiritero.

21

El leer toda una mañana conformaba un placer de la solitud, actividad que comenzaba en el camino a la biblioteca, en el primer mirar hacia el cielo del día. Una bandada de palomas grises sobrevoló cables de luz eléctrica sobre mi cabeza. La mañana gris y espesa y la carencia de horas de sueño eran una invitación a permanecer en cama, a acurrucarme en el recodo de las cobijas, hacerme ovillo, hacerme niño. Vivir la soledad como un acto primitivo, sin las vulgaridades de la edad y los deseos, constituía una forma de aceptación, la aquiescencia de la vida tal cual viene. Pero mi pensar me rebatía que la aceptación era un remedio de la amargura, era ella misma derrotada.

Mis lecturas se reducían al espigue de frases o párrafos que alimentaran con palabras las imágenes de mis emociones, porque para eso ya había imaginado antes, y el sentimiento burdo es locura, angustia cosmogónica que ahoga si no se enuncia, por ejemplo, sobre *el atroz derecho de perdernos, de insistir en el mal, de rechazar las operaciones de la gracia, de ser alimento del fuego que no se acaba, de hacer fracasar a Dios en nuestro destino.* De hacerlo fracasar no en la negación sino en la indiferencia. La lectura entonces se sustraía de la vida, constituía una forma de matar el tiempo ya de por sí muerto.

Rematar al tiempo.

En la mente se agolpaba una serie de discordantes imágenes que organizaban mi devaneo cotidiano. La última margarita que recordaba haber vivido. El cansancio y la incertidumbre de mi causa. La sed de mi alma. Un zumo de vida que se nos ofrece, a veces concentrado, a veces disuelto, a veces dulce, a veces agrio, que despreciamos arrojando al suelo o bebemos ávidamente en gula insatisfecha. Y me parecía que todo era inútil, inclusive y con más razón mi parecer. Sólo los héroes estaban sujetos al destino, lo demás integraba la masa amorfa e imperturbable de la vida que no me pertenecía, como un habitar en casa ajena. Y si me consideraba débil no era por el regodeo en mi pusilanimidad, sino por la certidumbre de mi vulnerabilidad. El mundo era tan justo, y en la gradación de las medidas de esa justicia, mejor o peor, menos o más, eran intercambiables. Mi fe se remontaba al miedo y el miedo siempre es más grande que cualquier fe.

Las cosas de la vida iban y venían por la ciudad revestida en movimiento. Aunque a veces tenía la impresión de lo inamovible; nada venía hacia mí, nadie, ni un destino que por el frente me alcanzara. Iba con dos piernas para sostenerme sobre el suelo, y un manual olvidado en la mesa de noche hecho de caídas y confianzas para aprender a caminar. Iban el mundo y la galaxia enteros girantes mientras yo y mi enorme insignificancia caminábamos por una calle cochina. Iban el movimiento continuo y el universo expansivo escoltándome hacia la biblioteca.

Los anaqueles despedían olor a libro, a encierro de siglos comprimidos. Una bombita próxima a estallar: tic tac tic tac tic tac.

Y en abstracta solitud continué la lectura.

22

Llovía. Del otro lado de la ventana del restaurante menudas gotas, sobre los cristales de los ventanales sonido de piedritas de agua. No podía decir que la lluvia fuese triste, era solamente agua. Llovía y sentí alegría vedada por el pensamiento, raíz de tristeza en el alma con añoranza de agua. Preparaba pizzas, colocaba la carne sobre la salsa, luego el queso; mis manos untuosas con olor a embutido precisaban el paliativo líquido. Sentí ganas de llorar y agregarle lágrimas al alimento, pensé en el alborozo de imaginarme afuera. Hay personas como vasijas; en sequía hay la impaciente sed de lluvia, y es como una espera, como una añoranza de mitigar la oquedad del vacío que los llena.

Llovía, menudamente y distante de la tormenta, frágil de lento e indefinible como una cortina de sueño. Yo sólo miraba a veces como quien se desconcentra hacia la ventana y enseguida dejaba caer la vista al objeto de mi trabajo, alimento de los otros. Yo vivía sólo como quien oye llover y ve hacia dentro. Lloraba como quien solamente ve vivir, y piensa, y escribe a veces.

Ignoraba la forma de quitarme la tristeza; como quitarse a la muerte que viene pegada a los huesos. Pero la vida funcionaba con genialidad abrumadora, la lluvia era un paliativo para la poluta ciudad, despaciosa impelía a la mugre a las subrepticias cloacas, la calle lucía un pavimentado limpio y vidrioso y las luces de los automóviles reverberaban sobre los charcos y lo mojado.

El patrón Ojeda, como en un acuerdo tácito y luego de

mirar al ventanal por un par de segundos como lo hacía yo desde hacía bastante tiempo me permitió salir, y dijo: Es una hora muerta. Bonachón me recibía con sus buenos días y en seguida me nacía un afecto de consideración: daban ganas de abrazarlo, de simple en su trabajo de restaurantero, de humilde y a veces acre en sus órdenes. Daban ganas de abrazarlo por ser la única persona con quien intercambiaba las pocas palabras de la cordialidad en la espacialidad del tiempo, por transigir mi partida en la *hora muerta*.

Pensé en las palabras: Hora muerta en que los muertos salen de sus trabajos.

23

Negando la inherente cualidad de soledad la vida se me iba (¿cuál vida?) en una lucha sorda y de antemano perdida. Pero jugar tiene sus goces, sus ilusiones de triunfo, por eso arriesgamos. Osarlo todo porque nada es nuestro. Arriesgar lo propio, lo ajeno. Robarnos, tomarnos prestados, para luego arrinconarnos, arrobarnos, arroparnos, arremolinarnos, arrojarnos, arrostrarnos (y así todo).

La vida era un sueño, máxima calderoniana, y los sueños, entonces, eran la continuidad de mis pensamientos. Existía potente en mis pulsaciones y deseos, en los recuerdos latentes del aturdimiento y del torpor borracho. La disipación de los sentidos y la completa entrega al caos constituían una fuga, una ilusión de control de una terrible tristeza crónica que me aquejaba; y si de repente adquiría la cuenta de la tristeza era porque probablemente siempre había estado ahí, en el asilamiento de los vulgares contentamientos ajenos.

El sentirme en la miseria de un tipo de indigencia conformaba parte del estado emocional que se había instalado para no irse: Autoabandono (*Abandoné a Dios:* Discurso aprendido del pastor que ofrece el servicio de las nueve, los domingos, por tv en vivo: *Cuando la vida se nutre del nulo propósito y la falta de sentido*). Depositar entonces el significado de un destino en la fe de algo superior; algo superior que también surge del caos. Abandoné a Dios desde antes de nacer, cuando madre tocaba su vientre y ya amaba una esperanza, cuando padre intentaba aprehenderla en una sola mirada.

La disipación engulle, devora como los gusanos al cadáver que seré pronto, sin notarlo siquiera se me caerá a jirones la carne de los huesos, de tanta lágrima me iré secando, y lo que pensé que fui –este montoncito de papeles— o quise ser, se convertirá en polvo nutridor de la tierra y la maleza, polvo arrellanado en los muebles y en las esquinas de la habitación de una casa vacía.

Sólo los conscientemente infelices poseen una vocación en la vida, cuando el mundo está repleto de gente sin vocación a ella en su estado natural y desprevenido; es entonces cuando la vocación de ser Dios, a escribir o hacer ciencia, a barrer la calle, a sentirme triste, la vocación a sentir solamente, pero no a vivir porque la vocación repele la vida, se me presentaba como un pasillo oscuro con sus puertas a elegir, y con absoluta irresolución me quedé frente a una puerta sin nombre y de incierto devenir.

¡Tan ,tan! ¿Quién es? Es el Diablo.

24

Mirar la página en blanco como mirar al techo, con la mente cansada y el cuerpo dolorido del dolor que nace de los huesos y las piernas, raíz moribunda y endurecimiento de miembros.

Los ojos no dicen nada, no son la ventana del alma; y si dijeran algo dirían tener sed de imagen en movimiento. Mis ojos son la estrecha ventana de un ataúd, a veces un reflejo acuoso del agua turbia que se empoza en el sumidero cuasi obstruido del baño.

Me levanté de la cama revuelta y fui a lavarme la cara. Salir entonces por puro entretenimiento, bajar las escaleras, cuarto piso, que a veces parecían ser infinitas, tercer piso, y en el rellano del segundo intentar volver los pasos cuando el infinito del abismo ya se había desatado, planta baja:

Hay ciudades bellas en este mundo como personas y se les ama por eso, por su sentido estético, por el placer que producen con sólo habitarlas, por permitirles crecer o morir en una geografía del corazón; donde una muerte es un fantasma, un paro, edificio colapsado, terremoto, catástrofe, ausencia, pasado. Hay también ciudades en ataúdes de escombros, donde los anfiteatros pululan ladrillos rojos, ceniza destemplada, fosa común. Y multitudes de rostros van por ambos lados, chocan, a veces ofrecen disculpas, y siguen de largo.

La ciudad bullía siempre a la misma temperatura, la gente andaba siempre a la misma velocidad, todo se medía según los niveles de neurosis individual, la desesperación hacía imaginar más de prisa las distancias, pero yo había tomado mi tiempo (sic). Desaceleré el paso, un hombre obeso se tambaleaba caminando trabajosamente frente a mí; del otro lado de la avenida un muchacho en bicicleta casi parecía desprender una estela de cometa tardo, aun podía contar las revoluciones de sus ruedas: una dos tres cuatro. El semáforo peatonal dio luz verde y con parsimonia crucé la dificultosa avenida hacia el parque vecino. Busqué una banca apartada y con vista privilegiada para sentarme; a mi espalda estaba el camposanto cuyos restos de hombres ilustres anunciaba una placa, y una iglesia a la que nunca había entrado ni por curiosidad arquitectónica.

Era una tarde límpida, los emuntorios de la ciudad se habían encargado de drenar mugre acumulada, pero no toda. Habían surgido alimañas humanas. A unos metros una familia de indigentes se había instalado en un grupo de bancas, una mujer desaliñada efectuaba un corte de pelo, otros reposaban sus mugrientos cuerpos a las sombras de los olmos entre palomas hambrientas y ratas similares a palomas hambrientas, intercambiables y confundibles, ratas aladas y sin alas, desfachatadas y cínicas; y me pregunté si no estaría invadiendo alguna pieza de una casa ajena, si en el asilamiento de esa banca apartada no estaría allanando el dormitorio de alguien. Porque un mendigo también es *alguien* y *cualquiera,* alguien que detentó un lustre, alguna vez, debajo de la cáscara de mugre y locura que lo envuelve.

Mugre y locura solamente son circunstancias. Una se cura con jabón y agua.

¿Y la locura cómo se cura, mamá?

25

La noche de hoy que te come, que te come, como los gusanos al muerto la cabeza. Que te come, que te come, taz, taz, taz, crrr, crrr, crrr. Come la conciencia.

Gusanos antropófagos. Come carne muerta de cabeza enferma. Mi cabeza, jrrr, jrrr, jrrr, jjjj, jkjkjk. Pienso cementerios solos cuyas tumbas ya nadie visita, de cruces de palo que desastilló el tiempo, crk, crrrk, crrrk, que ya nadie florea para el día de muertos.

¡Florear para el día de muertos!

Oh, el árbol en el patio trasero había echado flor, él dijo que era hermoso. Hermoso el árbol en flor. El árbol florecido, *bloom, bloom, bloom:* de su botón salía la flor. Botón, botón, botón de flor. Botoncito, *bloom.* Como aquél tal Bloom, ¿Haroldo se llamaba?

Curioso nombre para alguien tan oscuramente anodino.

Escucho el llanto de un bebé en el cuarto contiguo, o muy cerca. Nadie asegura que haya un cuarto contiguo: 220, 221, 222. Un llanto ruidoso que clama sosiego.

Tú ya olvidaste ese llanto, te revuelcas acaso en espasmos de angustia y disipación, con la seguridad de la ausencia de testigos que puedan señalarte con su dedo acusador.

¡Pum!

26

No soy inteligente como una vez hace muchos años la maestra de escuela pública lo anunció frente a toda la clase, avergonzándome por el simple acto de exhibición. No tengo talento como aquel hombre pensó y tuvo la osadía de enunciarlo, cuando escribía en una libreta sucia y quería sentirme importante. No tengo belleza ni bondad, mucho menos maldad. Sólo poseo la ingenuidad de mi imaginación que no se sustrae de lo terrible e insignificante humano. No es amor, no es tristeza, no es ningún sentimiento que me apropio.

El mundo es mi ilusión, y se quiebra.

Soy tan mediocre.

Soy disipación. Soy esa persona fragmentada e instruida en saber dejar algo de sí en cada paso, en cada vuelta de página, en cada mirada. Algo me abandona todos los días: El mundo es mi lectura. Jamás he estado en un barco hundiéndose sic. Ratas he visto muchas, asquerosas y ruines, casi humanas. Pienso así mientras me instalo en la cama, tratando de despojar el cansancio rutinario de estar.

También pienso funerales: algo muere muy dentro y no alcanzo a sacar el cadáver de ese pozo, sólo ese olor fétido que sale de los poros, y todos esos muertos en las cuencas de los ojos.

Mejor muere, y pronto, oigo la voz-bala atravesar un oído y quedarse muy dentro incrustada, repitiéndose. *Mejor muere, y pronto.*

27

Pasaba las horas en elucubraciones existenciales, por cierto, no tan elaboradas. Todo intento de novela era una etapa de aturdimiento estéril, otra bienvenida al devaneo de la mediocridad.

Pasaba así las horas, sin notarlas siquiera trastabillar en el reloj. Sin anotarlas. Los minutos goteaban en la fuga del tiempo (no quedaba en mí repararla, pues de cualquier modo no tenía las herramientas para hacerlo). ¿Por otro lado, a quién le importaba el derroche constante de tal cosa? Anegados en tiempo insoportable, soportable, portable. ¿Para qué la prisa? ¿A dónde había qué ir? Y las intermitencias del ocio emocional ahogaban cualquier sollozo de rebeldía. *No te levantes, no hay a dónde andar.*

Y disponía de tiempo para perder a montones, para regalar a mendigos, para arrojar por la ventana a los transeúntes de la avenida, para usarlo de separador en libros dejados a medias. Por supuesto tenía tiempo para leer, para escribir, para perder, para tener más tiempo, hasta que se oyó la puerta, no sé si dentro o fuera, el ruido:

Toc,
toc,
toc.

28

¿Quién es?

La vieja Inés, dijo una voz de bruja de cuento de princesas.

Sí, ¿en qué le puedo ayudar?, dijo la otra voz de este lado de la puerta.

Necesito un listón para las trenzas de la niña.

¿Cuál niña?

La del 244.

En ese momento recordé que no solamente yo habitaba el departamento, y respondí, de improviso, aunque ignorara las normas del juego:

¿De qué color?

Gris, por favor, como tu vida

No tengo, y sentí algo como un hachazo en la nuca que sólo era metáfora.

Leonado como el dolor

Aquí no hay nadie enfermo

Verde como la desesperación

Señora, váyase, esto no es mercería.

Amarillo como el de la locura, y sentí miedo de transgredir la invisible línea.

29

Para entonces la angustia desesperada se había apoderado de mi sueño multicolor, porque para colmo del terror los listones salían de mis mangas, uno tras otro, como en el clásico truco del mago de feria que aparece pañuelos para deleite del público. Y afuera estaba la bruja demandando listones para la niña.

Los golpeteos en la puerta me despertaron, toc, toc, toc, fue como salir de un vaso de agua en el que me ahogaba. Pregunté ¿quién es?, *la vieja Inés,* dijo D. y abrí la puerta con fastidio.

30

En la misma cuchara que usaba para el café o para la sopa de lata, la que a veces compartía un lugar entre lápices, D. vació el corte; y el procedimiento el mismo como el anterior: diluir en agua, fuego, mezcla, algodón, la trémula aguja, liga firme, brazo extendido, puño cerrado, mano abierta.

Le era muy fácil encontrar la vena, a mí que me fueron otorgadas tan delgadas y se les escabullían a los aprendices de enfermeros cuando había que tomar alguna muestra desde el inicio de los tiempos por la proclividad de un temperamento enfermizo.

Fui médico mientras jugaba en soledad a prescribir medicamentos de nombres raros en cajitas vacías y gastadas, botellitas de jarabe para la tos que daba asco tragarlos, jeringas cuyas agujas previamente habían desechado y que me inspiraban en el momento de la aplicación un miedo primitivo y punzante. Había que hacerlo a fuerza, someter el cuerpo débil de cinco años al piquetito breve de las eficaces manos de la anciana que ponía inyecciones, fea pero certera, bruja horrible a los ojos atemorizados que estallaban en llanto ululante, resistente muy a pesar de mi endeblez.

Curable sí, pero el tratamiento asedioso era indispensable para evitar un *mal* mayor producido por la propagación de la bacteria al corazón, cepa de cocos que me hacían caer en enfermedades pulmonares y fiebres convulsivas, sin contar con las inclemencias del invierno, los vientos helados que atravesaban los huesos, aún calcificándose con leche de vaca para crecer fuertes y sanos, y hacían emerger las fiebres reumáticas, las extremidades ateridas de frío, las infancias guarnecidas al calor de la estufa, y la inquebrantable rutina de las dosis. A veces pinchaban tantas veces, marcando, amoratando, causando dolor.

Mi temor amateur que dejara marcas groseras sobrevenía luego en un más hondo temor que la marca diminuta, imperceptible casi, pero poderoso: El tan deseado abandono.

Un golpe de euforia que en un segundo gastó su potencial dinámico; después nada, el mundo era una pared descascarada, y mi impasible concentración de retraso mental perdida en ella. La pared. Ya ni había que renegar de la tristeza de los sábados o lunes que parecían domingos, de las tardes abotagadas en el sopor del polvo. Ya ni siquiera se trataba de la tarde, ya no transcurría el tiempo, hasta el dolor más profundo se había detenido, hasta la soledad más dura se ablandaba, y yo podía transitar lenta, poderosamente impotente entre la ausencia de lucha, en el campo que alguna vez fue de batalla. La pura desolación que haría morir de un soplo a un recién nacido. Los edificios y las casas colapsados eran solo montón de chatarra acumulada, herencia de las generaciones pasadas. Basura cósmica, desbarrancamientos de cobre, precipicios, aullidos y apuñalamientos en el pecho, cercenamientos, taz, taz, taz. Tanto odio ya para nadie, tanta tristeza inútil.

31

Mi pasado es una gota de aburrimiento comprimido, una tarde de domingo, de verano, de hastío. Acumuladas gotas que son la misma gota. Tras de mí el desierto.

Lo que llevo es bien escaso, pero lo he escogido. Uso pantalones rojos, les doy la espalda a mis amigos, me marcho.

Las dunas hacen mi camino perdido. Sé que nada está adquirido, nada construido. Vigilante, doy a la noche lo perverso.

32

Estaba en desacuerdo con los espacios. Podía pasármela pensando solamente, fumando, tarareando una tonadita estúpida, desafinada. Mirando la acera del parque, inventando lagunas mentales.

No se trataba de la memoria. No quería resucitar a nadie, ni ensuciarme del polvo que me alergiaba. Enterrados todos, perfectamente cubiertitos, apisonados bajo la tierra, así deberían de quedar todos los muertos, ocultos, como si no hubieran existido, no como amenazas propagandísticas, exhibidos al presente de todos, sino donde nadie los vea, donde no huela a muerto putrefacto, al olor de los nervios en flor.

Podrían estárseme retorciendo por dentro, mientras disimulaba leer:

Reposar en la perfección es el anhelo de todo el que se esfuerza por alcanzar lo sublime y, ¿no es acaso la nada una forma de perfección?

En una plaza sucia. En la avenida un hombre gordo se bajaba de un taxi, cruzaba la calle por el paso peatonal bamboleando su enorme masa. Pensé el atropellamiento raudo del hombre grande, el cerebro escurriéndole por las fracturaciones del cráneo, crack, crack, su vientre abierto y las vísceras derramadas dibujando sinuosas formas intestinas sobre el pavimento. El gordo salvó la avenida, avante, entró al mismo edificio en el que vivía. Lo pensé subiendo las escaleras, bofo, amenazante, chorreando aún la sangre y el cerebro del previo accidente, sosteniéndose el vientre desbordante de licuado fecal.

Si se trataba de encontrar la forma, no la encontraría. No discernía ninguna orilla o arista, algún puerto, un borde solamente.

33

Una bala atrapada en el corazón, desgarradora, aún caliente de pólvora y necesidad, porque una vez disparada es la muerte. Amas a tu bala y su miedo primitivo. Rezas, no me saquen la bala. Duele. Temes la simpleza mediocre de tu vida, la ceguera que te impide ver las oportunidades divinas. Acaricias con simpatía la bala, mientras en el almuerzo los huevos fritos crepitan en la grasa, o las hojuelas de fibra se ablandan con la leche descremada porque sufres de estreñimiento. La bala oprime tu intestino, palpita en el cerebro por cada muerto de asesino. Las migrañas que hacen de tripas el cerebro, los muertos que hacen de tripas corazón.

34

No quería llegar a casa y echarme a la cama a leer. Ni caminar en el parque abarrotado de niñas y niños recién salidos de la escuela. No quería sentarme en la banca del parque, ni estrenar en mi cerebro la bala de un revolver hipotético que desde hacía algún tiempo había decidido llevar conmigo, como se lleva un libro, pastillas para dolores recurrentes, cigarros. No quería entrar a un cafecito a esbozar una novela sin anécdota que jamás escribiría. No quería vagar hasta cansarme, ni beber hasta vomitar.

Mis piernas eran alas de insecto disoluto, de polilla nocturna. D. se tomaba largos periodos de ausencia durante los cuales no había dosis. Me veía pensando en D., amigo circunstancial, entre el apabullante parque cuando me había dicho no pasarás por ahí, cuando pensaba en un odio sin origen y esencial:

Odio la felicidad de los tontos, la tristeza de los que traen el luto en los ojos. Odio la muerte de un cadáver, la simpatía de los cándidos, la necedad de un amargado. Odio al mundo, su dolor unigénito y grande, su esperanza fuego fatuo, su desesperanza, desilusión de perro sarnoso. Las tormentas solares y los eclipses de luna. Odio mis palabras y mi silencio insoportable, y el ruido de las calles con todas sus porquerías, y la mugre, gente y la maldita luz de sol.

35

En el restaurante el patrón Ojeda usualmente me despachaba temprano, a falta de clientes no había nada que hacer, un par de horas álgidas por la tarde que acaparaban con ojos brillosos los empleadillos de más tiempo, algunas entregas alrededor. Mi presencia inútil dio lugar a un nuevo puesto de volantería. Me entregó el paquete de impresos multicolores; se trataba de andar por ahí y repartirlos a potenciales consumidores.

La calle me provocaba pensamientos sociópatas y masoquistas, con ligeras punzadas en la sien derecha y trémulos movimientos al efectuar la entrega del impreso a cualquier persona, nerviosismos y alteraciones visuales. Era como un empleo de *flaneur*, pero aborrecía los exteriores, y me cansaba terriblemente. Hubiera deseado dormir en cualquier rincón a la intemperie, mas seguía caminando, extendiendo el brazo. Ansiaba la sombra y el reposo, la biblioteca no quedaba lejos. Opté por el atajo solitario, entre callejones torcidos de la vieja parte de la ciudad, cruzando por vecindades ruines que parecían un mejor lugar para vivir que mi caja de zapatos. El mundo entero parecía un mejor lugar para vivir.

En la biblioteca la vida se encapsulaba en una gran burbuja que me protegía frágilmente de aquella otra vida. Me arrellané en un sofá y perdí mi vista en los estantes. Tenía frío y la luz de sol que unos minutos antes aborrecía parecía una mejor cosa filtrándose por las ventanas y marcando las alfombras con franjas gruesas y sobrias.

36

En un lecho de luz cribada yo quería dormir, arroparme con el manto de esa falsa luz que comprimía contra mi pecho la remesa de volantes arrugados y húmedos que sin embargo despedían el sensual olor a papel impreso. Con los ojos cerrados el viaje hacia dentro cedía en resbaladizos pensamientos, allí donde estaba lo tibio quería quedarme. Bajo una ducha escurridiza que ahoga en vapor el diminuto baño. En la inmersidad de lo caliente para siempre. Un aro de fuego diabólico que entibia amorosamente a sus condenados. La luz de otra tarde que entraba resonante por las puertas de cristal tapizaba el suelo limpio de azulejos ocres y hacía brillar un anillo que alguien había dejado caer sobre el piso. Corrí las puertas y la luminosidad de afuera cegó mi vista. El puro abandono deslucía el jardín.

37

No estar conforme es humano. Tener la noción de algo nunca visto, como el libro jamás leído cuya noción existe, perdida, y asoma a veces, salida de no sabes qué maldita biblioteca. Desear ser los otros a quienes falseas con desprecio, porque sabes que ese desprecio surge de y solamente para ti. Grande y majestuoso desprecio.

Eras de epidermis escaradas y cerdas gigantes, troncos desolados. Era la piel de la bestia albina y temblaba. Yo habitaba el monstruo en quien los designios se confundían, animal enfermo de pus y rabia.

Cuando despertaba la bestia dormía, llenaba el cuarto con su espeso estertor de animal herido, sudor frío que mojaba las sábanas y todo aquello que aun en la vigilia no quería irse.

38

La noche anterior fue la más infame de todo el año. Pulularon muertos en las avenidas, frente a los cines, en los estacionamientos de centros comerciales y tiendas de abarrotes, en los antros donde la gente bebe y baila, con balas en la frente que son preámbulos, en automóviles de último modelo y colonias pobres, en periódicos y noticiarios.

Salían a la luz única y bizarramente montones de muertos que sólo unos huérfanos extrañarían, o madres-fosas comunes que rumian en la tierra caliente los restos de quienes fueron sus hijos, agusanándolos en sus regazos.

Elegían a un muchacho desdichado y le proponían un sueldo y un arma. Le ofrecieron más de lo que todos en toda su vida le habían dado. Sin embargo era un negocio vulgar. Los jefes operaban con sendos capitales y armamentos flamantísimos. Los asesinatos también eran vulgares. Denle al sin nada un arma, a aquél que rumia miserias arcaicas, será como un niño resentido que saca la lengua y pone el pie para que el otro caiga, el nadie, el otro que encarna sus envidias pulsantes. Él también guarda balas en su cuerpo.

39

No matarás. Sólo pretenderás vivir, como casi todos, en un apego a las circunstancias, a las oportunidades que va pariendo el día, al pulso, el flujo sanguíneo, y así escribirás, cuando ganas tengas, y así parasitarás como el resto de la humanidad redimida por mi muerte, con los últimos ahorros mientras sucede otra cosa. Leyendo libros que no entiendo, fingiré que escribo, porque nada realmente importa mucho. Validar la existencia en la literatura acaso resulte absurdo, preferiría ser guardia de seguridad.

La literatura no tiene sentido.

40

La puerta no tenía seguro. Toqué una dos tres veces. Llamé sin respuesta. Su habitación era dos veces más grande que la mía, bastante austera para su oficio: un viejo futón, el póster de una película estrenada dos años antes sobre vampiros redimibles, y una mesita en la que supongo dividía las dosis que vendía, enseguida de una ventana dirigida hacia la calle. Él, siquiera, tuvo el privilegio de la luz. Busqué entre sus pertenencias apiladas sobre el suelo, en el guardarropa, en las bolsas de su ropa, algo, en el suelo. Nada. Objetos con los que vamos llenando la existencia, un televisor pantalla de plasma, películas piratas, malas unas, pornográficas muchas.

No lo conocía casi nada y no me interesaba hacerlo. Usábamos drogas para abandonarnos cada quien en esa otra dimensión también virtual donde lo externo se transforma, desdoblado, triplicado. Reunir a extraños alrededor era un lenitivo solamente, amar al prójimo otra forma de huir de la obsesión del yo y desplazarlo hacia el tú, pero el fin daba lo mismo. Podía intuir su ruindad, su existencia oscura de pequeño comerciante, pornófilo, adulto, común y solo, a menos que esto solamente fuera una pantalla y el cuerno de la abundancia estuviera en otra parte.

Y seguía buscando, ahora en la alfombra, donde por derecho de gravedad siempre caen las remesas, los descuidos del aturdimiento nervioso, de las manos trémulas. Limpio de drogas, limpio de D. El desamparo asomaba una parte de su cuerpo en el espejo que estaba sobre la pared frente a la cama: tenía mi cara. Entonces ahí era donde D. se masturbaba ritualmente mientras la rubia de la porno decía: *fuck me, fuck me.*

41

Una desazón vaga prorrumpe como una espora y flota alrededor esperando asirse. No conoce la prisa. Es posible incluso la refracción de la luz y, si se observa bien, el juego de color y de textura. Resulta grave cuando no tiene motivo palpable, cuando no es el dinero ni lo que hay que pagar, cuando no es la familia ni su bienestar, cuando no es el amor ni la soledad. Y la fisura boca de loba aúlla desde la profunda oscuridad.

El problema radica en la forma de mundo que nos enseñan y el choque de esa aprehensión con la intuición de otros funcionamientos cerebrales: se fragmenta la imaginería que me (des)hace, todas las palabras que me fueron pensando, y los abrazos caen cual agua rota, y los te quiero se apagan en el último rebote de una pelota de tenis: campeonato mundial por el canal deportivo: *nohc nohc.*

Una pelotita percute en mi cerebro, la escucho cuando subo las escaleras que me llevan al departamento; cuando las bajo, el eco me llega desde el fondo y rueda hasta detenerse a la puerta de salida, y no hago más que inclinarme para recogerla y guardarla; cuando escucho, en la cancha de tenis, lo que me tengo que decir, *nohc, nohc, nohc,* siempre; cuando veo la televisión.

Habito en mi cerebro.

El tenis es un sueño de lujo.

42

Dicen que es bueno, acumular una serie de objetos que generan bienestar: una televisión pantalla plana con sistema de sonido, alguna combinación de prendas de marca para lucirles a ellos (a los que dicen que es bueno).

Dicen que es bueno tener un automóvil nuevo, sentirlo correr ligero, y en el semáforo transitadísimo gritarle al limpiavidrios que ni se atreva a tocarlo, podría ensuciarlo.

Refrigeración en verano.

Televisión satelital.

Dicen que es bueno formar una familia, tener hijos y amarlos. Y los domingos, en la sala confortable de la casa que ya casi se paga, ver una película sobre la destrucción del mundo y el heroísmo de los elegidos.

Piensas que eres un héroe y dices, es bueno.

O es bueno que alguien lo sea por mí.

43

Escribir todos los días para registrar la vida anodina y vulgar. Las estancias en moteles baratos, a veces solo con la muchacha en turno, a veces sólo con la muchacha también sola. Prefiere los moteles donde todo se vuelve natural y la carga neutral de impersonalidad estira el tiempo, ahí donde las masturbaciones se suceden frente a un espejo que nunca le ha visto el miembro, y piensa en culos de muchachas y mórbidas tetas de pezones punzantes. Satisfecho se ducha y quiere ser el agua tibia que le envuelve la piel para un día de muertos. Desea poseer a la muchacha ahí, bajo la ducha, y metérsela hondo hasta que gima; seguirá deseando montarla sobre la cama en la que ahora reposa su cuerpo fresco, desde la que cambia con parsimoniosa indiferencia el canal de la televisión; el culo rosado de la muchacha se le abrirá receptivo como un defecar a la inversa, sabrá que su pene es mierda removiéndose en el ano de la muchacha complaciente. Disfrutará la textura de la masa fecal, y la arremeterá fuerte porque encuentra algo de sádico y sucio en los espasmos de placer y dolor de ella, en el vacío inmemorial que se atasca después de cada eyaculación. Para entonces tendrá otra vez la verga erecta y pensará en contratar, por un par de horas, a una amiga de piel acrisolada y tersa, y en cambiar el canal porno de la televisión.

Reconoce que ninguna muchacha indulgente y atenta podrá disipar, con sus gemiditos de putita entrenada ni sus abrazos de niña de casa el airecillo turbio de ciertas horas de la noche.

Sabe que la humedad pudre las cosas, sabe que por dentro carga a un muerto pegado al esqueleto. Sabe que lo que sabe no le sirve para nada, de la angustia cósmica, de la maraña mental que hay que disipar todas las mañanas, del nudo en los ojos que le ata la mirada.

Pero esto no se lo dice a nadie, sus ocupaciones de canje no requieren de intimidades ni confesiones. Es un intermediario solamente. Un comerciante. Un intercesor de los desasosiegos.

44

El ventilador dejó de funcionar: "Convencional" era la palabra. No había seriedad, profundidad ni humanidad en el fondo. Había, eso sí, cierto método de meditación, "ocio artístico" lo llamaron algunos; nada que ayudara a la fe para encontrar una pizca de nobleza y materia común. Y sin embargo iba olvidando cada fragmento tal cual sucedía. Quedaban reminiscencias, vagos residuos adulterados. ¡Una vacilación y una sorpresa, y te pierdes!

En mi habitación no había fotografía alguna en conmemoración de un momento; en un rincón libros de la biblioteca de los que no recordaba la fecha de entrega. Mi cama: un desvencijado colchón sobre el suelo envuelto en sábanas sucias. Las siete horas de la tarde repletas de humedad. La gotera en el baño intermitente e impertinente, taladrando acuciante el esbozo de un impulso. Cerré la puerta y caí al suelo deslizando la espalda sobre ella; las piernas quedaron extendidas y el cuerpo fláccido. Entreabrí los ojos: el claroscuro de la tarde filtraba el rumor urbano, podía escuchar los edificios imponentes de un gris deslucido corroyendo amorosamente mis entrañas; esqueletos delirantes y mezquinos que albergaban a gente enloquecida. La ciudad era un océano de asfalto, y los edificios, barcos inmemoriales como los de Allan Poe.

Todo sucedió como por instinto cuando interfirió la idea de suicidio en medio del concierto de mar embravecido. En la azotea la luna con dientes de uña mordía a los noctámbulos, la luna piedra de cristal dorado trenzaba mis nervios ardientes. Afuera el sofoco acendrado. Adentro un paroxismo de angustia y de tristeza.

Pero la idea del suicidio y el tema de las drogas eran sólo figura retórica. Había que adornar la realidad con estados de euforia o de miseria, para sentir. La realidad burda, cual se presenta, necesita de sus respectivas dosis de fantasía, a veces efectivas; pero la realidad siempre resulta más fuerte que cualquier remesa de ilusión.

Necesitamos cansarnos para descansar.

Alguien con intensión seria y objetiva: *Es común a todo pensamiento trágico convertir el sufrimiento en el centro de la existencia. El motivo natural de este pensamiento es el hecho de la muerte. Aprehende el mundo por medio del dolor. Se sumerge en el dolor por la necesidad de morir.*

Ya no recuerdo mis palabras.

45

Tuve la sensación de lo escabroso, de palpar a ciegas una pared húmeda y babosa, al pagar por un café, al verlos a ellos que terminarían viéndose en los ojos de los otros, viejos y detenidos, con las mismas y otras detestables personas, y en la misma mesa, con los defectos más acendrados, preguntándose en un monólogo interior qué fue lo que hicieron o dejaron de hacer para llegar hasta ahí sin haberse movido de lugar, mientras encienden un cigarro y aspiran el humo compulsivamente y asienten con la cabeza fingiendo estar atentos a la insulsa conversación que por horas llevan.

46

El humor de la noche comenzaba a destilar los delirios que la luz de sol oculta tras paredes. La ciudad tenía también algo pegajoso y húmedo, invitación de luces de neón, de publicidad alcohólica. Las ambigüedades sexuales se exhibían con el disfraz de la cosmética, siliconas y prendas de carnaval.

Aceleré el paso sin saber hacia dónde. Doblé en alguna esquina y luego seguí de largo, y así, sin proponérmelo y a conciencia seguía a un individuo de espalda ancha y saco desteñido color marrón que pedía a gritos, en alguna parte, *Apuñálame.* Estuvo enfrente todo el tiempo, desde el café lo había seguido como al punto ciego de quienes piensan hacia dentro.

Había algo de placer en la persecución. Aquél hombre, intuía, tenía la plena conciencia de un destino; su destino, retorcido. Me había ido alejando con bastantes vueltas del punto de inicio, luego torcía y seguía derecho, con premura y decisión; a veces atlético, desbordaba energía; un par de veces tuve que correr para no perderlo de vista.

Era la escenografía de un barrio viejo, y me sentí incongruente. Sobre la calle larga y semiluminada había oscurecido, y yo había perdido al individuo. Casas altas de adobe se enfilaban una enseguida de la otra y juntas a la acera. En una de esas fachadas descascaradas un reducido establecimiento anunciaba con un rótulo de cartón "se solicita dama para la barra".

Una luz tibia y amarilla emanaba de la ventana. El espasmo de la mezcla de alcohol, tabaco y desinfectante en un aire aletargado anunciaba una invitación. El extravío en lo que yo creía era el mundo real. Nadie habría podido ser más feliz que yo. Mi única ambición era hundirme en él y olvidarme de todo lo demás.

47

Creer que lo único que se conoce es el amor, y escribir de blusas desabotonadas y ecos de fragancias que se quedaron más tiempo del necesario, ahí dónde no hacía falta guardar nada. Desde la oscura grieta fingir hacer una llamada, y del otro lado sólo un tono monótono solo. Pensar la soledad mina los impulsos. Las ideas temblorosas quieren una concha; se han desgastado de tanta discordancia. Hay sonido de música y de voces, desprendimientos de la memoria, tintineos de hielo en vasos con brandy, sendos surcos de cocaína sobre la fórmica de una mesa. Como una vasija incapaz de sostener nada. Nada, no dicen nada. Emociones distorsionadas, se amotinan en la lentitud microscópica de un fluido cansado, queriendo reventarme: pum, pum, pum, el reloj tic tac de mi corazón, la paloma de la mañana, cu, cu, cu, golpeando con su pico el cristal de una ventana, toc, toc.

La paloma vuela alto. Abajo la muerte lleva a la vida en una carriola:

A la media noche bajo la luna llena
la ciudad se cubre con una sábana negra

48

Hay miembros como pequeños dedos pulgares, blandos, replegados en sí mismos, ciruelas pasas. Nada amainaba la sequedad. Tenía sed y me levanté a beber agua. El pulso en la sien preludio de cefalea venía de muy adentro, de todas las noches anteriores. Asco de una resaca milenaria y cósmica. No quise verme al espejo, pero intuía el reflejo burlón con quien había conversado largo tiempo hacía rato. Tampoco discernía el cuándo ni la náusea. Después de vomitar el agua recién bebida al retrete volví a la cama. Medité sobre la imposibilidad de confiar en alguien cuyas percepciones son producto de estados alterados de la conciencia, en alguien que cree todo lo que se lee, porque una lectura verdaderamente crítica imposibilitaría las otras subsiguientes. Orlando, después de un letargo de siete días despierta en el cuerpo de una bella mujer; entonces creí en la euforia de la belleza y las metamorfosis como sólo los dioses podían hacerlas. Es un ansia común, la belleza; usualmente se busca en la serie de cosas muertas que creemos que somos, pero en el gran archivo omitido se nos perdió lo más importante. Ahí nadie busca; ahí, mucho, todavía, compele a la vida.

Los muertos se van sin nada: sin dinero, sin fama. Toda pasión sentida vivió en la grandeza de una hormona, conexiones secretas dentro del cerebro, desconexiones. El amor se queda, y los muertos ni siquiera se llevan lo que viene después. No escribirá novelas debajo de la tierra porque ahí nada importa mucho, no habrá luz para leer.

Balbuceos de una impotencia incomunicable, vuelo de metáforas que quema sus alas. Sobre la tierra relajada y húmeda excavaba, mis manos temblaban a cada golpe de pala. Era el hoyo para una tumba. Y sí, tenía nombre.

49

En las tarimas iluminadas con luz roja había cuerpos bailando, a pesar de ser presentados con un nombre del repertorio de piedras preciosas de fantasía, de flores exóticas para los ignorantes que pueden seguir viviendo tranquilamente sin el conocimiento de lo que consideraran, si lo supieran, fruslerías preciosistas y nombres extranjeros. Eran cuerpos comunes, madres con hijos, hijos y padres ambiguos, espíritus vestidas deprimidas que en sus ratos íntimos, y cuando la barra cierra, se quejarán de su soledad, que en realidad siempre tendrá un nombre concreto, y de sus problemas económicos, con la peluca sobre la mesa, el maquillaje corrido haciéndoles la mueca del desvelo, y el lápiz labial marcado en una lata de cerveza caliente. Todos bailando en una arritmia desapercibida, pródigos de sus cuerpos, autoinmolación en un rincón que huele a orina. Pero la fiesta entretenía la vista. Era algo perverso la desnudez de un cuerpo maltratado por estrías y cesáreas. Estaban los que lucían terriblemente cansados, pero no era el cansancio de una noche ni de varias. No era el cansancio de quitarse la ropa y simular un baile, era algo más.

Profundo. Cuando emerge a la superficie se convierte en costra y ya no hay cómo arrancarlo.

50

En los comercios del cuerpo se da el juego mentiroso de la seducción y la repugnancia; triunfaba, casi siempre, la seducción. Había un deseo cultural de hacer del otro o lo otro un objeto satisfactorio, ahí en la zona de opacidad y de recompensa, el placer se convierte en pozo interminable que quiere más y más, sin discernir. Obsesivamente, se quiere ser cómplice de la vida y participar de algo, obsesivamente la vida se convierte en una o b s e s i ó n.

51

Era un albino gordo, amarilloso, con grandes oleajes estriados de grasa en la región ventral; el pene se escondía en esa masa adiposa, panza sudorosa, miembro chico que paulatinamente iba logrando una no muy luenga erección, como si no estuviera acostumbrado a meterla. Sus manos regordetas de dedos obreros, sostenían el pequeño miembro que amenazaba con la flaccidez total. Sin embargo lo que causaba la asimetría de las proporciones era la enormidad de su cuerpo; un tipo alto y robusto, aunándole la falta de irrigación sanguínea por una diabetes no tratada y la suma de unos 130 kilogramos de sobrepeso.

Mientras, se conformaba con ver, con ojillos ávidos, a la rubia teñida y tetona que despuntaba en aureolas rosadas unos pezones estrujables, magullables las glándulas adiposas y mamarias para mamar hasta ordeñarse la leche, para morder hasta arrancar el trozo.

Las chichonas parecían ser sus favoritas, de pubis depilados para confluir en una velada inclinación pederasta. Por un lado la compulsión oral de la mama, por el otro, el pubis impúber de la niña a la que hay que hacer crecer; eso le gustaba a Bill, mientras el prostituto de turno se la metía por detrás.

52

Era feliz distraídamente, en intervalos. Supongo que así era también para ella, engordando el vientre con la cebada servida todas las noches para poder infundirse escrúpulos. Escrúpulos para permanecer, para pasar por alto esa interferencia que comenzó minúscula. Como una calle perdida en los márgenes de la ciudad, deslucido todo atractivo, bacheado el pavimento mojado, alguien esperando en un automóvil parado en una esquina, dilatando un momento, quién sabe si de partida o de llegada. ¿Cómo justificar el desapego depurado a lo que piensa que conoce a fuerza de rutina? Estrechez en quien mira con amargura la perspectiva de una calle cada vez más angosta. Mirada paradójica, cónica. ¿Cómo justificar el desapego a sí? El esfuerzo enorme de quererse. Las voces pesadas de los que dicen quiérete.

53

Se queda esperando en la parada del autobús, vulnerable e imbécil, quisiera echarse a llorar porque ha olvidado las rutas y los horarios, porque ha bebido lo suficiente para hacer de sus nervios un sistema de drenaje urbano con todas sus porquerías, porque se refleja en el cristal de un aparador cuya función primera fue el de mostrar cosas bonitas: y ve algo feo. En esto encuentra un autodesprecio y regodeo en el autodesprecio. Conmiserarse en metáforas de pudrición le permite distanciarse un poco de su deseo de huída. A pesar de todo no podía acusársele de carecer de buena fe. Había un par de buenas intenciones. A veces le sobresaltaba su indiferencia hacia D., pero en el fondo, habíamos estrechado fuertes lazos de dependencia, y cierto ritual eucarístico de llevarse a la lengua, por ejemplo, un papel ácido. Y D. se le presentaba como ese otro viable y posible producto lingüístico de sus desvaríos. Porque todo eran suposiciones de quien no encuentra ocio mejor que garabatear en papel cuando comienza a intuir que ya las drogas no le hacen nada bien.

54

La ceniza dispersa alrededor del cenicero y las fichitas tintineantes en el afán de un dedo por entretenerse. Las drogas no son una protesta, tampoco la literatura, ni la actitud maldita de la decadencia, ni cualquier mal de siglo que son todos los siglos que encumbran todos los males. Los insatisfechos. Ella rasga la etiqueta de una cerveza oscura y hace bolitas de papel mojado que deja caer sobre la mesa. Se le ha bajado un poco la borrachera y le queda una tristeza aburrida, pasiva y ácida en la boca. Ya no se echa a llorar como antes lo hacía con cada uno de sus amigos (dijo que le gustaba llamarlos así, quizá para compensarse con un ápice de fraternidad). Yo siempre obtengo lo que quiero, alguien le dijo eso una vez y rió no sin un dejo de soberbia, pues ella sabía que era fácil obtenerla. Se le olvidó la borrachera en el último vómito apresurado que le manchó algunas puntas del cabello teñido. Entonces se le olvidaron las lágrimas. También terminó olvidando las palabras, pero una imposición inerte le impide irse a su casa, quizá pueda sacarles algo al par de hombres obesos que a veces suelen ser pródigos.

55

Gritos que por la noche infunden terror. Sonido de agua turbia que cae muy dentro. Despertar. Abrir los ojos para dejar de oír. Alguien me sostiene del brazo para no caer. Bastón. Atravesamos baldíos para llegar a casa, pero una voz transversal grita para mí como una advertencia: Voz de mujer.

Ni siquiera tengo la fuerza para ayudar, pero sí el miedo. No quiero reconocer el dolor emitido para mí desde mi sueño. Me doblan los gritos que atravesaron paredes, calles y baldío. En la cadena que engarza al tiempo hay soldaduras superpuestas que encubren las roturas. Parece que está próxima a romperse. Hay una idea de estiramiento que está más bien asociada a fibras elásticas. Del otro lado está el grito que jala.

56

Con la primera cerveza recordé el ayuno, el primer trago amargo rayendo la garganta, bola de fuego en el estómago, fuego que fluye desde la cabeza a los miembros, fuego abrasador en los páramos del destierro que hay que seguir alimentando para que el hurto prometeico no haya sido en vano. Bullía, y el engranaje se había echado a andar, track, track, track.

Fui al baño del lugar y cuando salí una de las bailarinas copulaba con un hombre en un rincón oscuro que hacía de bodega. El hombre parecía tener prisa y era insistente, ella con mal disimulada reticencia lo dejaba hacer: Cuando las caricias se convierten en obsesión de una pauta para postergar el momento de la dura lucidez.

El primer espectáculo había terminado. Entonces me quedé a mirar.

57

Fue un momento de resplandor y de euforia: imagen agradable cuando contemplé el espejo. Y ahí estaba a través de algún prodigio químico y neuronal. Incremento de la dopamina. Fui cordial y condescendiente. Excitación nerviosa acompañada de un ligero raspor en la garganta. Dosis de autoestima y aceleración del ritmo cardiaco. Conformidad. Sensaciones de petulancia y seguridad. El carácter histriónico de lo monstruoso que se multiplica, pero que no debe de ser tan malo. No es cobardía. De lo que algunos llaman un suicidio progresivo [sic]. Dejarse morir y no poder morir. Cuando Dios se ríe yo me río.

(Se oyen chorros de orina de quienes entran a descargar. Hay hombres subiéndose el zíper de la braqueta y mujeres poniéndose a disposición para volver a sus mesas y retomar la rutina.)

Pero ellos no importan (Van saliendo uno a una.) porque son de utilería. De mí surge el deseo de ser quien al frente permanece con indiferente soberbia.

58

Hay momentos en la noche en que ciertos colores son bastante turbios, los objetos se contagian de espesuras, hay expresiones que parecen no tener sentido. Deseos en los que es preferible no haber despertado, de encender la luz para instalar, al menos, el desorden tangible. No había tiempo: el reloj despertador marcaba intermitentemente las 12:45, las 12:45...

Se instalaba por debajo de las puertas y bajaba las escaleras apretando con sus dientes todos los talentos. Había vivido cientos de años y los había olvidado. La oscuridad sudaba en un ataque de ansiedad por absorber lo permisible y lo ilícito.

La amnesia era un personaje abstracto. Sabía, sin embargo, que las imágenes irían llegando, traslapadas y con el vestuario de recuerdos, contradictorias, poco a poco, con los adjetivos y las analogías, buscando una forma de enlazarse, de soldar las roturas, de poner algo en los vacíos para dar continuidad. Pero también era muy cierta la falta de ímpetu, y eso constituía un problema de fondo porque resultaba difícil llevar algo a cabo. Como encender la luz. No era el proceso o su dificultad, sino sus bordes, la consistencia de una forma: Pensé en almejas frescas: el cloqueo de las valvas lastimosas. El mar.

Las prescripciones ideológicas finalmente eran un asidero para no caer de las escaleras mientras los otros llegaban a su piso. Sin elevador. Para encontrarse dentro de un cuarto, con una ventana mentirosa, cubierta por su persiana azul, para dar la ilusión del infinito.

Las 12:45.

59

La repugnancia es recíproca, otra forma de la seducción. Tanto asco y odio dirigido a una sola persona embajadora de todos los recuerdos con los que te quedaste para vivir. Para albergar sólo basura que se entró a la casa y ya no encontrar forma de sacarla porque las ideas se convierten en hábito, hojarasca de conversación sobre la fórmica despostillada de una mesita de café.

60

No dejaba de pensar en el miedo que me imbuía el mundo, los otros niños de la escuela, excluyentes tanto como yo, supurantes de una crueldad tan pura. Ahí aprendí el amor y el rechazo, ahí aprendí a sentirme tan lejos de todos en el lugar común, a ensimismarme los libros de texto y la repulsión, el asco, el desprecio, el ansia de perderme, el odio, la soberbia de Usted. Sabe, Doctor Dios, todo vacío es seductor, toda violencia es espectáculo.

61

Ellas son las dueñas de la noche, de los suelos, trepan las paredes y cualquier resquicio. Cristales oscuros de brillo nervioso que se escabullen a las alucinaciones. Buscando una rendija en los oídos se abigarran al cerebro y te lo comen por millones de años, en los sueños, en las noches.

Con veneno D., *domínalas, acaba con ellas.* Pero en lo más siniestro del fin del mundo perdurarán como el último eco rastrero de tu estancia por esta casa. *Al conectarnos con las necesidades de nuestros clientes generamos valor en todo el mundo.* La habitación era una cápsula de intermitencia luminosa, precipitación sonora. El televisor encendido para elidir el sueño bizarro. *Construyendo el futuro.*

62

Estuve hablando con los dos hombres durante un lapso de tiempo que no logro precisar. Bebimos e inhalamos cocaína. Bill era el gerente del lugar, daba órdenes a sus empleados que lo atendían con considerado esmero; paulatinamente otras personas llegaron a saludarlo y tomaron asiento en su mesa como una familia amorosa.

La mujer ebria se tambaleaba casi desnuda y en tacones. Era la más joven de todas y la más solicitada; no intervenía y cuando quisieron darle cocaína para reanimarla se retorció en una arcada y sobre el piso salpicó los calzados y los sonidos electrónicos con función vomitiva me revolvían a mí también el estómago. Pero tenía que mantenerme en pie porque no iba a permitir que nuevamente la fuerza destructora minara mi conciencia, mi sistema nervioso en ese momento a punto de derrumbarse como si todo se tornara maliciosamente en contra mía. Paranoia no. Me levanté al baño, y allí aproveché a meterme otra línea cuando ya todos habían salido, excepto D. quien había estado viendo todo el espectáculo de vanidad vacía que hice frente al espejo, y me aplaudió al final.

—Bravo, bravo.

Hice una reverencia a mi público de los espejos y con gratitud les dije cuánto me complacía estar con ellos; se encontraban lúbricos y excitados para continuar con el desfogue de sus cuerpos, yo no sentía más el mío. Todo un ritual mortuorio de jadeos exagerados, de frotamientos y de intromisiones, de aplausos. Pero D. salió inmediatamente, entonces entró Bill.

Despojarse de la ropa fue sencillo, manos diestras desabotonando la chaqueta que yo no pude. Fue la propuesta de un pago, no, dinero no, la promesa de un poco de eso que estábamos consumiendo era suficiente, y lo fue, más de un poco, lo suficiente para los siguientes días, para no deplorar vivamente el deseo de anulación, una prórroga para no sentir lo negativamente posible. Sucedió entonces la sodomía como una transacción casi desapasionada y de contumaz intrascendencia.

63

La realidad transcurría más morosamente que un fin de semana espolvoreado para una sensibilidad irisada. Era el lunes un día precioso y sosegado, una blancura que irradiaba desde afuera me cegó al instante de abrir la puerta de la calle. Después de todo no importaba demasiado empecinarse en el recuerdo porque en realidad no había nada rescatable en él. Pensar en las personas me amargaba. Lo que esperaron de mi y nunca obtuvieron, pero por su exceso de expectativa. La pretensión es contagiosa y se proyectan hacer cosas, terminar una carrera, después obtener un salario, amueblar una casa, casarte, obtener un seguro contra accidentes de soledad, de vida, tener dinero, intercambiar atenciones porque nada es gratuito. Entonces quise renunciar al trabajo engorroso que me hacía ser hipócrita, la obligación de socializar, de corresponder el buenos días, qué tal, cómo está usted señor Vicente Huidobro. ¿Sra. Virginia Woolf? ¿Sr. Juan Carlos Onetti? ¿Sra. Jean Rys? ¿Señor Fernando Pessoa, cómo ha estado? ¿Cómo le va a Ud. Sr. D.?

Mis influencias emocionales son pocas y explícitas. Leo para consolarme, quizá romántica, patéticamente. La esfera ideal de los fantasmas. Buuu. *Leo para olvidar.*

Hay cosas que deben ser olvidadas por salud mental, así que cuando pensaba esto una risita imprudente dimanó de mis labios. El patrón Ojeda me miró extrañado. No, no era tanto como felicidad, era algo más desinteresado e imparcial, quizá y simplemente el proyecto de estar bien. En ese momento mi empleo perdió su gravedad, al menos emotivamente. Para no pensar en basura existencial y tomar el hilo umbilical de la angustia, enrollarlo y echarlo al cajón del buró. Ahorcarse con él antes de ver la luz. Las madres son seres oscuros. El paquetito había quedado ahí muy bien guardado ya que no había necesidad de recurrir a él. No por ahora. Inventariar productos, escribir fechas de entrega y caducidad, tomar la escoba y el trapeador, un trapo para limpiar los cristales de las ventanas y el atomizador producto industrial, agua con jabón, los cristales traslucían pura transparencia, detrás de ellos no había nada, nadie de este lado, ninguna línea divisoria. La obsesión con las fronteras puede ser meramente regional. En algún hemisferio del cerebro se levanta un muro y alguien pone una consigna abstracta porque quiere comparecer al otro lado. Huelga de hambre. Imagino a un individuo en protesta contra la vida, instalado frente a la embajada del País Deseado, inyectándose heroína hasta cosechar la esterilidad de un árbol. Pero no se le llamaría activista. Un premio internacional por su valiosa contribución a la sociedad, para consolarle su creciente adicción. La marcha de los trashumantes drogadictos sometidos a cirugías para prorrogar la eventual muerte, píldoras para dolor, para dolor, una cabeza que sólo duele en su imaginación sicosomática.

Limpiar ventanas no implica un verdadero desgaste intelectual. El orgullo de los pensadores y su cansancio. Con cada palabra proyectada un circuito neuronal se apaga.

64

Los ruidos del televisor del cuarto de al lado y las risas de los bebedores trasnochados. Quisiera dormir pero no me dejan. La ciudad también tiene sus ruidos, los automóviles raudos royendo mi insomnio y mi calma, los trabajadores nocturnos taladrando específicamente el concreto de acá abajo, trrrrr, trrrr, trrrr, trrr. El cuarto oscuro me abraza sonámbulo y también ebrio como los vecinos, me dice te quiero aquí conmigo y para siempre como si fuera tu tumba, caja de zapatos para un insecto que muere, que se muere, que se está muriendo. Alguien ha puesto veneno en las esquinas y los huecos, rendija desolada, cuidado, no por ahí, trrrr, trrrr, trrrr. Hombres trabajando para comer, para vivir, no por gusto temblándoles las vísceras, vibrándoles el cerebro, la sangre se estremece. Ahora entiendo que el problema no fue el defraudarlos a ellos, a las personas importantes en la vida de alguien no importante. Buscamos cosas tan distintas que al momento de la juntura palpamos la franja de grieta que nos desunía, trrr, trrr, trrr. El problema está en mí, mi vacuidad me impele a fingir desprecio, aun así no es tanto como fingir, es un desprecio honesto pero superfluo. No puedo. Entonces tiemblo de miedo, trrr, trrr, trrrrrrrrr, y de frío, de fiebre, de trauma, trrrrrr, trrrrr, trrrrrr. Los hombres trabajando me trituran con sus taladros de concreto y el edificio se estremece, se convierte en un manicomio.

65

Decido salir, tomo precauciones, recuerdo los consejos de la casera, ponga bien el cerrojo que suelen metérsele cuando usted no está, luego el susto que se lleva, la mayoría no hacen daño, pero por seguridad, hay que saber tratarlos para que respondan dóciles, una vez uno agarró un cuchillo, en el 227, la muchacha lo supo tratar, pero tardó como una hora en convencerlo para que lo dejara, imagínese el miedo, si yo les tengo miedo, pero qué puedo hacer, los pisos de abajo son los que nadie quiere, el edificio está viejo y nosotros somos pobres, me deja muy poco, y las personas que cuidan a los locos pagan bien los cuartos, usted no se preocupe, nada más cierre bien la puerta, no se le vaya a olvidar, cierre bien.

La anciana finalmente cerró su desdentada boca amarilla. En el edificio remodelado hay algo que no concuerda, que no concuerda, departamentos con las puertas abiertas,

D. con atuendo de cuero y cuentas de metal incrustadas en cualquier espacio posible del pantalón estrecho, ojos delineados con sombras negras y un peinado que no podría explicar, adelante pase usted, está en su casa, llega justo a la hora del té, y algunos techos se están cayendo pero eso a ellos no les importa, no les importa. Sigo caminando en las escaleras donde la sensación de subida no es muy diferente a la de bajada.

Cruzo una habitación en donde hay un hombre y dos mujeres con aparente enfermedad mental, me miran a los ojos como si supieran en dónde buscar y balbucean, babean y ríen para luego dirigir la vista hacia abajo. Hay algo en el suelo que les ancla la mirada y se las revuelve hasta permitirles conocer el universo de sus pies y los sedimentos que atraviesan las baldosas.

66

Con la cualidad de convertirse en pez globo se infla para mostrarse en su forma espinuda lacerante, su veneno es su miedo. Una mordida en las gónadas inmoviliza al predador que en un instante ya es presa. Es un preámbulo a la abulia, se sumerge en las ínfulas de la indiferencia, lo que sólo es exceso de arrogancia y el contradictorio y profundo deseo de sentir.

Frecuentemente tiene el buen humor de considerarse superior a otros seres humanos y alardea con sus espinas emplumadas de avestruz psicodélica, conmovedora entelequia. Y cuando más lo sabe, cierta intuición se instala como huésped, aunque después se vuelva incómoda. Piensa luego que es mejor redirigir sus pensamientos hacia algo menos punzante como el dolor de cabeza que está a punto de estallarle. Comienza a trabajar en la respiración pues también tiene que calmar el hambre y la necesidad básica de un cigarro. Reconsidera.

67

No todo ha sido tan malo, digo, decidí cosas, otras se decidieron ellas mismas, lo que significa que otros tomaron decisiones como la muerte de la mujer, suponiendo que murió sobre el charco de su sangre.

Después de salir de la barra fuimos a un edificio ruinoso del centro. Gente que conocí en el lugar y D. No recuerdo, los nombres no son importantes, pudo haber sido cualquiera. Me extravié entre los cuartos y el escombro, ropa sucia sobre el suelo, mucho polvo, excavaciones de tesoros o de tumbas. Me entretuve en el centro de una estrella grafiteada sobre el piso, bastante mal delineada, supuse: niños jugando a querer ser el diablo. En los otros cuartos se oían injurias y risotadas. Pensé que serían demonios y no pude más moverme.

Quedó tirada sobre el suelo chorreando sangre como una compresa inservible. El cabello revuelto con sangre, tanto odio contuso en el cuerpo amoratado y frágil. Puta. Un golpe de mano abierta en la cara, el primero para obligarla a mamar verga. Mama Puta. Mientras, el otro la sodomizaba. Trágatela toda, Perra. Un dolor que se cierra en su expansión desgarradora, la impaciencia, las arcadas, la impotencia, la herida abierta en la cabeza como una segunda vagina, el cuerpo utilizado como una bacinica, receptáculo de vísceras y fluidos, de abortos y escupitajos. Puta de mierda. El desprecio total en un guiñapo de mujer tendido sobre un pedazo de suelo sucio que ni siquiera era el suyo. Puta, trágatela toda, Perra de mierda.

Bragas rojas y blusa blanca. La nota decía que fue encontrada en la mañana por un vagabundo local. Agonizó la noche y un puñado de estrellas carbonizadas le obstruía la garganta. Debió ser doloroso, el apagamiento.

68

Aunque todo ya daba tintes de ella, apareció en el bar cuando estábamos más vulnerables, por las calles de la madrugada, en las tapias desoladas del viejo centro. Ahí llegó la muerte y le demolió el cuerpo, atravesó el baldío y se introdujo a mis oídos. Ahora no quiere salir, ha hecho de mi cerebro su alimento y tres veces al día come y defeca. Molesta, sobre todo cuando grita que está aburrida, taconea fuertemente dentro de mi cabeza, pienso que ha de ser obesa pues sus pasos retumban y me ensordecen; también es lúbrica, sus babeos me despiertan a veces, entonces me levanto directo a la regadera y tallo mi cuerpo viscoso, sudor denso que no me pertenece, hedor de tierra mojada y composta.

69

Me vigilaba, seguramente desde antes de comenzar a compartir drogas con D., antes de los entusiasmos improvisados, de la familia, del jardín atiborrado de plantas espesas y de árboles frutales echando flor, supurantes de blancos y rosas, de botones conmovedores, troncos rugosos, chinches gordas, sapos de miedo, antes del agua en la tina calentada al sol para bañarse en la canícula del verano.

Adoptaría la forma abstracta de la ansiedad y el delirio de persecución, sombras que se echan de menos durante la vigilia, asfixias premeditadas mientras dormía. Alguien impersonal me vigilaba e insertaba su dedo acuciante en mi sien derecha, mi hemisferio descompensado. Yo sujeto de mi oración, solía rezar católicamente como madre me había catequizado el catálogo de personajes que no viven lo real sino a través...

De su traducción lingüística.

Por eso a alguien se le ocurrió asociar el silencio con la muerte. En el principio era el silencio y así se vivía bien. *Sin nada que decir, sin nada para decir.* En un estado de amnesia originaria el mar no interrumpía con su ruidoso oleaje de caracol reprimido. Olvidaron lo que era la felicidad cuando no hacía falta enunciarla, nombrarla, matarla, mantrarla, y trastocaron el mundo con inscripciones que no querían decir nada; y quisieron creer que sí para salvar sus almas, poseedores de un significado que los conduciría al último peldaño de las escaleras de un edificio en ruinas.

70

En su cuello había antiestéticas marcas de quemaduras de cigarro, quizá las mordidillas indelebles de un murciélago siniestro, pero sin eufemismos pudo haber sido un sobrio cáncer de piel; las vi mientras recogía alguna espiga de cabello adherida a la comisura de sus labios cuando una vez agachada había vomitado. Dijo su nombre pero no lo recuerdo y en su momento no hice el esfuerzo por retenerlo, no hacía falta, nos acompañábamos por un rato en la misma mesa, compartíamos el cenicero y ese breve fragmento de vida casi mimetizándonos a ambos. Lo enunció al sentarse, después de saludar a sus amigos, repartir sonrisas y ahoritas voy contigo, pero el bullicio del local hacía casi intrascendente cualquier conversación, aunque la otra persona sólo escuchara o asintiera con la cabeza como respuesta a una pregunta formulada en el oído. Así me informó que si alguien animaba el espectáculo de Bill resultando agradable, solía ser dadivoso; aunque animar suene a oxímoron, en esa circunstancia cualquier figura ridícula hecha de trapo viejo o cosa semejante hubiera contribuido con su noble causa.

De cualquier modo la gente no estaba ahí para hablar, sino para ver cómo los participantes debutaban en alguna versión esforzada de suplicios sexuales en su acepción más común como la intromisión y el intercambio; pero gustaba, la clientela parecía selecta, voyeristas buscando emociones de repuesto, reprimidos, hombres, mujeres, hombresmujeres, gente normal que hacía cosas normales. Me aburría pero no tenía a donde ir, entonces me concentré en beber y mirar a la gente que a su vez miraba.

A un par de metros, sacó su pene rugoso por debajo de la mesa y mientras con la mano izquierda lo frotaba, con la derecha sostenía su bebida y la volvía poner donde mismo; los dos hombres a sus flancos, embebidos en el escenario con las chicas que teatralizaban un lesbianismo a medias en provecho del hombre-miembro-erecto, se impedían volver la vista a su amigo, y entre tanto y para nadie farfullaban su deseo de catarsis.

Eyacularon simétricamente, el performador al rostro de la mujer que en la partición del falo tuvo la menor tajada, y el onanista, entre la balumba del clímax escénico y regodeándose en su espasmo masturbatorio, excretó sobre la pierna de su compañero de la izquierda, leve y discretamente.

Una babita blanca como leche agria que el otro no advirtió.

71

Las cosas se trastocan con la imaginación, dejan de servir para lo que fueron creadas, pero los consorcios económicos han sabido aprovecharse de ello, entonces venden objetos vasija para retener recuerdos, souvenires, tarjetas postales, ositos de peluche con un corazón que dice te amo, enseguida los estropajos. Compro uno para raspar mi cuerpo del lodo de hace dos días, para hacer un legrado externo, hay costras de sangre seca y tierra en mi piel, en las comisuras de las uñas, el pantalón y las suelas; el resto fue insalvable y yace en el basurero de la cocina bajo restos de arroz rancio, colillas de cigarro y verduras descompuestas.

Hay personas de sus casas, de sus trabajos y sus días y sus sueldos, de sus familias, de sus deudas y sus cuentas bancarias, de sus libros y su público, de sus obsesiones y amistades y rencores. Yo luzco de la calle, de sus baches y sus tuberías rotas, de sus desconocidos caminando, del camino y su hedor, de la mezcla de fritangas y gasolina, desinfectantes de salones de belleza, venenos para ratas, vendedores ambulantes y amarres de corazón. Sé que gente me sigue con la vista como una discordancia, guardo el estropajo en una de las bolsas de mi chaqueta y los nervios se me crispan al tropezar con una mujer que grita y no había visto, se asusta y manotea, y quiero ofrecer una disculpa mujer no tenga miedo pero pienso en mi aspecto y las palabras se atascan como en un lodazal en la garganta, crespo y acartonado como un cadáver abandonado antes de morir.

En vano busco la calma y ahora acelero el paso, sin correr maniáticamente, sin huir me alejo pero me miran, sé que me miran y piensan cosas como recluirme más allá de mi conciencia, me desprecian por la suciedad que fui adquiriendo, que no era mía, que se me fue adhiriendo cuando me arrastré junto a ella, por ella, para preguntarle estúpidamente si estaba bien, que lo sentía, que no fue mi culpa, que no los conocía, que me perdí entre los cuartos y los pisos y la oscuridad de las ruinas, que encontré una estrella y me paré al centro, que quizá gente practicaba ahí ritos demoníacos, que lo intuía sólo porque vi la trivial estrella, que entonces el cielo había de estar lleno de demonios y que no valía la pena pensar en él, que las paredes de ese cuarto estaban tapizadas de mosaicos romboides en miniatura, que me entretuve contándolos de uno en uno y que la luz de la luna entraba degradada a través de un agujero enorme en la pared, y seguía el dos, el tres, el cuatro, y así sucesivamente, que conté muchísimos, que por favor no se muriera, que seguramente alguien la esperaba en casa, en una cama limpia, con una cena fría sobre la mesa para que la calentara al llegar y se sintiera satisfecha de haber salido avante al peligro, que la vida estaba hecha de pequeños triunfos y grandes fracasos.

72

Junto al sueño de ella me echo al piso a beber del líquido que mana de sus rasgaduras, aún está tibio y lo lamo y recuerdo la casa de antes, su patio intransitable por chatarra oxidada y el sol igualmente cálido como la sangre en mi lengua contra el suelo. Relamo su dolor y el polvo en que ya comienza a convertirse. Para el dolor y con el dolor. Nudo de llamas, se le enredaron en la garganta cuando ya no supo decir nada.

Aparecí con ella cuando se fueron, cuando ya no había nadie a quien temerle, ayudar a nadie porque ya está muerta, se está muriendo lo que es ya estar muerto. Bebo también de su ausencia, es un tronco que cae duro, estoico, y trago ese seco sollozo ahogado. Te dijeron perra y puta y muerta. Te dejaron completamente muerta. Ni una pierna viva, ni una mano, ni un ojo, ni una boca. Te dejaron sola.

73

Ascendía, lo vi al fondo a través del ojo de la escalera, se detuvo en el rellano del tercer piso; un bulto le colmaba la espalda, con ternura lo depositó sobre el suelo para anudar una cinta de su zapato. Quise ocultarme, me va a ver, pensé y temblaba la mano y la llave y la cerradura se hacía cada vez más pequeña. Con una prisa motivada por el devenir de un colapso en expansión, abrí por fin la puerta cerrándola tras de mí, calmando la respiración, inmóvil, para no proceder torpemente. Las llaves tintineaban colgadas de mi mano que no respondía a las primeras órdenes, al basta, y las sujeté en el puño, para no hacer ruido, shhh, porque viene el ropavejero y te llevará, carga en un saco de viaje prendas y miembros de niños troceados, los mejores que la jornada le ha deparado. A través de la mirilla de la puerta exterior del departamento me asomo: nadie viene, el estropajo está conmigo, lo palpo para asegurarme no haberlo tirado en la calle, puedo respirar mejor, tomar una ducha, descansar lo que ha pasado.

74

Me sostiene contra el suelo algo pesado como un hondo sueño. La fe no se escribe con mayúscula ni acento. Silencio de lirio.

Yo pensaba que podía ser esa fuerza para ti, pero te gusta más la inercia, creo.

Palabras exactas. Una voluptuosidad enfermiza con forma de individuo se detiene en el rellano de las escaleras del tercer piso para abrochar la cinta de su zapato, considerando que tiene pies y no pata de chivo. Pero esos golpes de pasos rompen mis oídos. Yo no escogí esto.

Mentira, tu vida es una entera mentira, no has hecho otra cosa que mentirte y mentirles a los otros. Las alcantarillas pululaderos de ratas son más honestas que cualquiera de los tejidos de tu cuerpo que guarda una memoria.

Yo no siento nada.

Palabras inexactas.

A veces envidio a los animosos de las fiestas, a los que con dolor tienen la fuerza del talento o de la gracia.

Tener el talento cruel de ser idiota y no darse cuenta de ello, o decir que sí sin mover un dedo. Hay páginas que se escriben solas y sólo se oyen hojearse en el momento ápice de la vulnerabilidad, las acompaña una estática ensordecedora. ¿O creías ser invencible?

75

Palpar la placenta de la madre en la oscuridad y el universo de venas palpitantes, feto consciente de la vida, aprendiendo a aborrecer. En trozos fotográficos, video digital con alta resolución de imagen, hacia atrás, inmerso en la terquedad acuosa, respirante como una anémona, pero el miedo le impide ir más allá, antes de cruzar la línea luminosa de los alienados.

Manipular ciertos trozos de vida, el deja vû de las palabras grabadas, el ultrasonido que sólo fue una mancha de tinta impresa sobre papel. Memoria afligida y suspirante, punto incierto de un espacio perdido, de un tiempo sin manecillas, de un tic tac imaginario. Con la impaciencia del sonido rancio y húmedo, desesperante del despertador en un cuarto sin fondo y sin sentido.

Poner el cuerpo ya crecido en un ataúd estrecho y escuchar los susurros de la azotea, golpes de piedra y montones de tierra pesada. El cuerpo reducido al ataúd que lo envuelve. Discusiones ininteligibles de los que esperan revolcándose en la desesperanza. Nada, solamente vecinos ebrios y ríen, pero los sonidos de la alegría no son discernibles, hombres reclamantes y el llanto de un niño.

76

Quiero mirar bien para recordar la estrechez del pasillo que conduce a tu cuarto, el privilegio de la ventana a las seis de la tarde (porque las seis de la tarde son una exención, cuando comienzan a empozarse las sobras de la jornada entonces consideras que una mirada cansada es más objetiva que la colmada de ansias y energía para autoaniquilarse durante los días. Son una pauta; las noches son otra cosa), para remodelar los recuerdos. Revolver los trozos de un collage que vibra, y editar el despliegue de las figuras.

Lo único que envidio es la ventana para poder cubrirla con una sábana negra, aparte de eso creo que eres despreciable y ruin. ¿Dónde el Sr. D se había metido todos estos días? Curiosidad solamente, he aprendido a no maravillarme por la omisión de las personas. Tuve problemas para conseguir algo. ¿Cristal? La última vez no fue agradable. En el trabajo los limpio con las manos de camión recolector de basura que dispongo. Un cristal diáfano es ilusión de hadas, como lavar una prenda, colocarse un perfume. La asepsia es un valor que mimetiza, querer gustar, blanquearse la piel, aclararse el cabello. Predomina un deseo de transparencia. Los cristales límpidos invitan a ser traspasados con su poder hipnótico.

Abro la ventana para que vuele el encierro, lo redimo

como a un ave con la prodigalidad de la buena fortuna. Elévate surcando el cielo. Nada es agradable. Los personajes reconocen la epifanía del desgaste. Mi cuerpo está cansado y mi cerebro no acepta negociación. Las fibras elásticas a punto de reventarse, tu habitación, precisamente, es la antesala del manicomio.

Suceden cosas extrañas cuando duermo. Hace algunas noches tocaron a la puerta, abrí solemnemente y era un hombre grande en una capucha oscura, me miró a los ojos y sentí el desarme como el golpe hundido de la heroína. Frente a él no podía mantenerme en pie, una somnolencia inducida se posesionó de mi cuerpo, y caía, me arrastraba a la cama, sin poder decidir, sin voluntad para negarme, traía un mantra en la boca, el gruñido hostil de una bestia lista para atacar. Intentaba expurgarme las ideas, pero fui renuente a entregarle mi completa voluntad y el cuerpo porque pensé que era un charlatán, como tú, como yo. Precisamente ahora pienso que saboteé mi sueño. Una decisión trivial te lleva a otras en la misma categoría de gravedad ascendente, luego el reconocimiento nefasto de la culpa que hay que evitar como si de ello dependiera la salvación del mundo.

Como si hubiera algo que salvar.

77

Indago. Me dice que busque durante mi breve estancia en el manicomio, pero los locos se convierten en sombras para los otros, de los otros, respirando trabajosamente, transpirando la rotura de sus mentes son trapos húmedos y sucios que ya nadie quiere. Los almacenan en los pisos de abajo, en el sótano donde hay una larga ventana angosta que ilumina maníacamente los bultos dormidos sobre las literas, las frentes amplias, las narices deformadas por las quebraduras, sujetados a las camas por correas inauditas e inquisitoriales. Hay una luz de luna tenue que rastrera les achata y les humilla el sueño.

Una niña, la niña que me hubiera gustado ser, me ofrece una flor.

78

Los enanos habitan el departamento, se esconden cuando entro y tienen rostros de niños profetas, juegan en otros cuartos donde no pasan cosas extrañas y la gente vive trivialmente. Lo trivial y lo común es deseable a veces. Ir al supermercado y pasear por los pasillos sin saber qué comprar pues hay tantas cosas con empaques atractivos, botellas de vidrio desechables y estilizadas donde se guarda el aceite de olivo, las latas de conservas tan frescas que podrían permanecer dos años en la alacena de la cocina, ornato de lujo que me dice no pasaré hambre nunca, los aderezos para las ensaladas de las cenas sanas y la comparación calórica, las carnes, las verduras y el pan con crema, los quesos, las aceitunas. Una accesible botella de vino y dos copas para el invitado refinado que con pretensiones de ascenso social quiere pertenecer a los otros, a los que saben servir vino y han educado su paladar con costumbres ajenas. El deseo de saber es motivado por el rechazo hacia los orígenes. Adentro, observo a los transeúntes seleccionando sus artículos, sin comprar nada y para avivar la nostalgia, lo que significa que me avejento. Con frecuencia olvido alimentarme, pero el hambre hace una primera llamada modesta y me jalonea con un tirón en el estómago. El empleado de seguridad ha insertado su mirada en mi nuca como una bala. Contradictoriamente reniego de mí para aceptarme cuando sea mejor. El olor a pan caliente, salivo, una bola de ácido raspando, doliendo con náusea, accedo.

Me dirijo al parque para sentarme a comer bajo una sombra, abro un pan con las manos y le meto tres rodajas de salchichón. Hay un museo al que se llega cruzando el parque, la plazoleta de la iglesia, el panteón, con amabilidad el bullicio comienza a disminuir y resta caminar por una calle, cinco minutos. El clima mejora, el aire se hace menos denso, se va enfriando, entonces cualquier acontecimiento adquiere un tono templado, amoroso aunque se narre una aberración, casi literario. En raras ocasiones acaece y es mejor que cualquier droga, que mis recursos histriónicos, vívida nostalgia de algo que no se ha vivido, intriga indiscernible y enajenante que cierra sus puertas cuando siente una ofensa.

79

Se atreve a lanzar un comentario sobre una obra pictórica pero en realidad no dice nada, cualquier desapercibido engulle la mentira con humildad o con indiferencia; yo no, individualizo para encontrar la sustancia de las palabras. Conozco sus embustes y su mendicidad intelectual, la vacuidad de la interpretación y el deseo perverso de parecer una persona que no se es. Otros han sabido hacerse grandes en eso y se van olvidando, porque si indagaran un poco y honestamente encontrarían sólo un montón de chatarra vieja y desperdicios con los que un artista moderno podría hacer de su vida una entera exhibición de arte abstracto a la que ponen una placa explicativa pues nadie ha sabido entender. Despojar a un objeto de sus funciones y ponderar la inutilidad. Acaso sucede lo mismo con las personas pero también han sabido aprovecharse de ello. Frente al espejo son un despojo.

Luego hablan en reuniones sofisticadas sobre la cosificación del ser humano y su enajenación, para después irse tranquilos y ebrios a sus casas con la convicción de que sus discursos gastados a fuerza de repetición les irán abriendo la puerta a un paraíso terrenal en el cual quepa la oportunidad de ocupar un peldaño importante.

Pero la aceptación cabal de la ilusión y el optimismo, así como la renuncia pública a los valores inmorales e inhumanos provocarían trastornos más fuertes que estropearían el egoísmo cínico de los dirigentes y de quienes detentan el poder. No hay belleza sino en la violencia. Queremos glorificar la muerte y las pestes, los

abortos y los asesinatos, el odio al vecino y los oportunismos sola-
pados. Haremos el bien al prójimo con el pisoteo de la indiferencia
y el desprecio a los oprimidos y los débiles. Consecutivamente las
palabras se trastocarán en dogma para poder sostenerse porque de-
bemos ser creyentes y congruentes con el nuevo orden que guarda
en sí el germen apocalíptico del discurso creador.

Hay interferencia en el canal cultural, la multiplicación de la imagen televisiva es incoherente si se observa de espaldas, reflectada en otro cristal azogado, y en pie, al frente, soy un despojo y me saluda con un atuendo estropeado, en jirones que gotean gordas gotas de espesura negra. Frente al espejo ha envejecido en tan poco tiempo, pero quizá mi percepción se deba a una ilusión óptica, no puedo asegurar el color de la ropa. La ventana comienza a apagarse como brasa humeante; me había propuesto no inhalar, no fumar, nada, esa noche, pero no contemplé que asistir a la despedida de la luz y sus distorsiones, por inercia, implica respirar el aire rancio y esponjoso de los sahumerios que D. quema en sus habituales rituales del ocio.

80

Es la hora de los niños que salen de sus casas cuando el sol ofrece una tregua. Es también la hora del individuo de aspecto desaseado y casual que lleva pantalones cortos y camisa holgada. Camina erráticamente como si buscara algo, esperase a alguien (pienso en un vendedor ilícito), ha atravesado el parque varias veces donde los niños juegan (entonces pienso en un pederasta), pero no se detiene en la sección de juegos y de la arena, en una banca estratégica para cazar con la mirada y el deseo a los tiernos enanitos malabaristas de los departamentos aledaños. Sería además obvio, hay padres supervisando a sus crías. El hombre cruza la avenida y se introduce en una calle, así lo veo regresar por otro lado después de haber circundado el bloque contiguo. Toma asiento en una banca sobre la acera, lo escucho oír música confusa que emana de su celular en el que teclea frecuentemente; según la distancia que nos separa sólo alcanzo a discernir agudas guitarras eléctricas. Mueve su pierna con el ritmo de la impaciencia.

Un carro se estaciona casi al frente de él, baja una pareja discordante, llevarían ropa deportiva, pero ella trae tacones y parecería que van a cenar. En una banca de la misma acera ella se sienta y espera al hombre que a varios metros del auto se percató de haber dejado las luces encendidas. Es un síntoma de nerviosismo novato. Pero no hay trato, sólo el perfil desesperado del hombre errático y la pareja equívoca. Ellos se reubican cerca del área de juegos. El hombre se marcha y toma su característico trayecto azaroso.

Tuvieron que haber despachado su asunto en segundos, una vez que el hombre y la mujer se trasladaron a la banca bajo el álamo. Mimetizados por la proximidad de los niños y la oscuridad que les ofreciera confianza, el hombre optó por circunvalar nuevamente la zona, llegaría por el lado opuesto y se sentaría junto a ellos. Los tres conocidos equívocos, la mano desaseada dejando un paquete miniatura al costado del hombre que va a cenar con atuendo formal, y viceversa, colocando el billete finamente doblado en seguida del hombre trayecto errático.

Aunque pudo no realizarse casi ninguno de los acontecimientos relatados, el itinerario errabundo del individuo podría haber sido una insignificante demostración del síndrome de abstinencia: irritabilidad, ansiedad, desesperación, paranoias, alucinaciones y expatriación mental.

81

En los periódicos locales se da el resumen semanal de las primicias suicidas. Sin la habilidad para discernir entre un extremo y otro, optar por la medianía deviene también en desastre mental. Yo soy mi mente, al mismo tiempo, no la soy. La memoria es una falla profunda, grieta que se abre para lanzarse sin paracaídas; los suicidas que optan por la soga representan la negación de esa falla, la repulsión intrínseca a la ausencia de fondo. Es, en esencia, la resolución por el punto medio, ni arriba ni abajo, sino la oscilación a la deriva.

82

Armó la puesta en abismo, los espejos deformantes como el funcionamiento de su cerebro. Con la ventana a sus espaldas tecleaba su despedida y le decía. Osó activar la cámara del ordenador para jactarse de sus aptitudes teatrales. Más atrás la amplia ventana inyectando luz, de las magníficas cinco veintidós de la tarde, abrazaba la desdicha con benevolencia práctica, por vicio de profesión.

Lo hago para que me observes, lo dijo entre líneas y video digital.

Adiós fue la palabra preliminar.

Entonces salió de la habitación en compañía de la seguridad con la que le hubiera gustado vivir toda su vida y cuya carencia le produjo fracasos y atascamientos. Resueltamente avanzaba hacia el jardín del patio donde se erigía el viejo árbol en el que alguna vez en la infancia pusieron un columpio para regocijo piadoso. En ese momento no captó la analogía, y no hacía falta puesto que rodear la pequeña casa ofrecía en su trayecto una multiplicidad de sensaciones; el pasto parecía lucir más verde y realmente vivo, secretaba un ligero mareo como de brisa cálida que le soplaba la sangre, le ventilaba el cerebro.

La fachada de la casa siempre le pareció impersonal, demasiada blanca ahora le hería la vista con fruición ácida y notaba el requerimiento de pintura nueva. Durante su trayecto nunca miró al cielo, inconscientemente sabía que lo hubiera sesgado con su ávido movimiento de nubes arremolinándose unas con otras en texturas y dimensiones, que si hubiera echado la vista hacia arriba habría abdicado por mera distracción.

No había tiempo que perder. La cuerda enrollada en un eje imaginario estaba sobre el pasto. El último contacto con la tierra fue motivado por la exigencia técnica de desenrollarla, de hacer el nudo. La hierba le mostraba una deferencia tácita y pudo escuchar con sus manos que la tierra croaba y se ondulaba repleta de reptiles bajo ella.

Sería bello que sólo ella fuese el motivo de la ruina. Sencillo como el ahorcado que minutos antes por la ventana deletreó te amo sin recibir respuesta porque esa fue su firma. Sería fácil hacer del fracaso un motivo para ponderar el sinsentido de su vida. Y aunque se hubiera detenido a reflexionar el discurso de los hechos, no pudo haber sido muy distinto que la avidez por otro amor cada día más desgastado. La insatisfacción patológica prolongada hasta en sus más mínimas obsesiones.

83

Los hábitos de la gesticulación en la actitud de un espíritu compatible y profundo a la nulidad. Carácter taciturno y la mayoría de la veces miradas esquivas, desplazamientos dentro de la cabeza, sobre una plancha de cemento cuadriculado. Hay caos en el cerebro, la falta de una ingeniería urbana ha destrozado el sentido de orientación. Los señalamientos se muestran disléxicos, las hojas de los árboles tiritan con el viento y me estremecen, podrían venirse abajo lentos, infinitamente inmóviles.

Las gentes, los edificios, las avenidas con sus multitudes de carros ardiendo, se difuminan cuando cierro los ojos e intento hundirme, pero las distracciones sobresalen como un golpe súbito en el pecho, durmiendo casi, y zas, el zarandeo que viene de adentro en contracción muscular no dominada. Torpor, adormecimiento masivo de células cansadas proclamando la eutanasia, el suicidio, la donación de órganos y tejidos antes del deterioro; vegetar así toda una vida, aunque se ande, se coma y se folle. Al despertar la consistencia toma unos minutos para asirse de los objetos, se desprenden las obsesiones del tumulto y guiñen con sus personalidades añadidas.

D. se aproxima, lo veo ralear, esquiva confusamente a un grupo de personas en la acera que esperan la pausa del tránsito, viste pantalones cortos y camisa oscura, botas negras industriales, camina erguido y va adquiriendo consistencia; cada vez más cerca su mirada denota malicia, busca y lapida a las personas que se van cruzando en su camino. Una línea recta se esboza sobre el cemento, el pasto, estoy en un nudo, detrás de mí la línea sigue, desvío a D. hacia otro nudo en ángulo agudo, se detiene con el hombre que vive bajo su parasol rojo, compra mentas y cigarros. D. también se está pudriendo, reconoce el hedor que emana. Vuelve a la línea del trayecto, y agita contra la palma de la mano la cajetilla en rito propiciatorio. Tiene los atributos del místico, se transustancia en sus botas negras pequeñitas que podrían ser fetiche de cableado eléctrico, balanceándose en impávido flujo de viento. Somos cordiales, se sienta a mi lado.

84

Salgo del establecimiento de puertas de cristal pulido, musical que avisa campaneo anacrónico, tintineo chocante, persiste en los oídos el timbre automático después de haber avanzado varios metros, le melodía de algo que no quiero llamar miseria, ni muerte, ni miedo. Giro en una cuadra, sabiendo de antemano a dónde llegaré porque no hay error auténtico, así se llama al arrepentimiento; ni azares espontáneos, así nombran al destino, incuestionable e irresponsable.

Escucho atrás el eco de mis pasos, me trastorna el desprendimiento de los sujetos que fueron llenando una vez el mundo con sus naturalezas muertas, se dejan atrás porque la persistencia es dolorosa. Aprendí a manipular mi memoria desde joven, a hacerla olvidar lo desagradable, a fantasear nada extraordinariamente grande ni hermoso; mas la vecindad de lo monstruoso perturba las avenidas, salen y entran de cualquier lado, manejan autos costosos, caminan con grandes cestas de alimentos y vientres embarazados.

Hay, en una pausa del tráfico, un enano con pandero, cascabeles que endilgan de su ropa de retaco, se para en puntillas entre los carros y estira su manita de anciano, chata, conmiserada. La sonrisa es una herida en el rostro estriado. Trayecto de piruetas, corcovado salva la acera, ojos biliosos enquistados en sus cuencas, me invita a su juego dudoso entre gruñidos de gorila diminuto y movimientos de epiléptico. Salta ranita salta, que yo no voy a incurrir en la trampa.

85

La fotografía gastada de una niña que no es tan bella, pero tiene sus ojos, quizá lo sea cuando crezca, cuando su cuerpo flaco se ondule por el deseo de no querer estar sola, cuando el amor de madre le resulte insatisfactorio y olvide la intensidad de la inquietud por saber quién era su padre.

El padre una vez sintió las ganas de abandonarse, tampoco quería estar solo, sólo esa noche caminando por la calle, atascado hasta el corazón de agujas compartidas y de vértigo, después de las peleas usuales para desquitarse la furia y no recordara por varios días en el hospital la amenaza de acabarle la vida y su ego joven y fuerte; ojalá lo hubieran muerto, a veces piensa, y le incomoda la contundencia de su adolescencia, cuando todavía podía decir que el mundo le pertenecía y no sabía que había algo cierto en ello pero en la carrera se le iba cayendo.

Pudo conservar algo en su vida, durante seis años la niña creció para serle tomada la foto y así él poder guardar con recelo en su cartera repleta de papelitos inútiles la imagen dañada que la mayoría del tiempo olvidaba que existía.

Dijo que aprendió a no sentirse culpable, y con la displicencia habitual de todas las acciones decisivas que posteriormente emprendió trató ese pasado. Entonces se reconforta con la idea de que fue mejor no haberla conocido, de que la madre ya tiene a otro hombre que suple su vacío.

Para las esquinas bajo el farol eléctrico o el colchón habitual relamido de fluidos por las conquistas ocasionales de las otros que alargaban la fiesta hasta el día siguiente porque también querían comerse el mundo que en transustanciación era suyo, bailes cuando aún no tenían la mayoría de edad pero eso no importaba porque entonces todo era descubrimiento y había euforia que mágicamente segregaban sus glándulas para aguardar la tarde y ver lucirse a los machos floreciendo pretensiosos de impresionar sin inteligencia, con sólo sus cuerpos resistentes aún a la maceración de las contusiones de los golpes y las balas.

Entonces la violencia le daba el prestigio de deportista temerario, la casta de la adrenalina, de la lucidez momentánea, y le dijeron te vamos a matar, por eso a veces recurría a analepsis paranoicas cuando sentía rondar a la muerte en mi cuarto en horas de fumigación y lo arrancaba de donde quiera que estuviera echado; la ansiedad le despuntaba el éxtasis globoso, erizo parapetado en las profundidades de espesas aguas, hasta que prefirió invitarme a su lugar.

Con los tranquilizantes difusos que ofrecía la rutina, el hastío instruía en la virtud de la paciencia y la adaptación: asistir al restaurante, hacer las cosas parecer sencillas a pesar de las precauciones, evitar paseos inútiles y cansancios gratuitos. El exterior resultaba doloroso, desteñido, desgarros en la garganta, la televisión transmitía consejos para ser feliz. La invitación de un perro indigente, buscando la sombra húmeda para tenderme junto a él, espantar las moscas con la cola, sacudir ligeramente la cabeza, una vida larga y bien, a pesar de la fosa común, los cementerios, las deforestaciones. Magmas de asfalto planchando la tierra, asando pies y gomas y suelas. Una mosca planea y succiona restos, indefectiblemente morirá con sus larvas, acto torpe, sobredosificada, inane.

En un estuche que solía ser joyero ahora guardo insectos secos.

Propóngase un plan a corto plazo, venga a mi iglesia, existen grupos de autoayuda, coma frutas y verduras, abrace a su familia, dígales que los quiere, consuma por lo menos dos litros de agua al día, haga treinta minutos de ejercicio, deje sus lecturas por tiempo indefinido, lea un buen libro de superación personal, escuche a Mozart antes de dormir. Salga y comparta. Clávese un puñal en la aorta, efectivo, sin contratiempos.

Cómo justificar lo que se ha hecho o dejado de hacer. Con albedrío y premeditación eché en un saco todo lo que ya no fui queriendo o dejé de usar. Había deseos de tomar afectos de bocas ajenas, de sujetar la mano que me palparía ciega para reconocerme después entre una multitud desmembrada e informe. La bufanda que pendía en el guardarropa junto a la entrada de una casa que no está construida, aún conservaba el perfume intenso de un cuello de estancias desveladas y del invierno retenido en una botella que nos embriagaría camino a casa al haber escapado del monstruo mundo. El sabor del helado de agua que bajo un sol clemente escurría tardo por tus dedos marcándolos de azúcar de arándanos, de leche con sangre derretida. Los espejos con los que te hacías el amor después del baño, objeto de tu mirada desordenada y lasciva. La taza donde bebías café por las mañanas somnolientas de amargura por tener que hacer cosas cuando tu deseo solo era no hacer nada, sino tirarte sobre el tapete de lana tejido a mano por el que invertiste un sueldo de semana, y desde el que decías mirar el cielo de vigas terapéuticamente.

Así se va sacando lo que por falta de uso se hace basura y ocupa un espacio que duele mejor vacío; aunque la nostalgia sólo sirva para conmiserarse un rato entre fogatas y lunas, no sirve para nada, mejor es echarla en un hoyo con las muertes de las noches vulgares.

Con la sencillez de un patio grande en donde la hierba crece sola, y el viento caliente la mece como a crío que solloza, amarilla se tiñe la imagen, amarilla vieja, amarilla sola, amarilla loca. El recuerdo es el viento, el pasado un herbazal contagioso, de alergias, de insectos.

88

Desbrozo con mano jardinera un patio de casa sin flores, sin casa, sin verde. Una estructura descontinuada se ofrece erguida y vulnerable, soberbia y humillada; se está cayendo, lo sabe, y sus paredes, antes blancas, escuchan el derrumbe de la noche, de las polillas fugaces que devoran la madera. Cuchichean secretos, dicen susurros sibilantes de sibila ciega.

Las palomas anidan en los aleros, gordas, enfermas de comer carne, negror de plumaje y ganzúa ladrona, ahora buscan la carroña, me miran, y esperan que una viga fulminante reviente mi cabeza. En uno de los cuartos grandes hay un hueco que enmarca un árbol, está seco; de una rama, la más vieja, pende un cuerpo sin ojos, sin lengua, que dice, no hay tiempo, estás muriendo.

Un niño yace en una hondonada donde antes hubo agua, el sueño es su venganza, pozo de estrellas verdes, luna cincelada, son los juguetes que lo protegen de una risa maníaca.

89

El valioso tiempo, el arrojado como migajas de sueño para quien no duerme (para quien duerme no, para la duermevela, para la leve noche pesada de estrellas, para el cochecito azul sobre la cabecera, para el regalo del niño que espera, en la larga noche brumosa de plumas, del ave seseante que gruñe sonido de chorro de sangre, de sismo de célula, de gruesa tristeza descompuesta).

90

Los meses son los mismos, con variaciones minúsculas de luz y predicciones climatológicas que precisan una danza propiciatoria de la lluvia. Todas las tardes al mismo cuarto, a las cuatro y media mismas de los mismos días, sobre las aceras sucias de abandono, de la certidumbre atroz del cansancio, del dolor de articulaciones, y del calor que no amaina.

Ningún escritor de horóscopos o lector de estrellas vio el colapso o supuso un nuevo apagamiento; muy frecuentemente suceden pero ya nadie los toma en cuenta, por insignificantes. La muerte de ella no figura nada: empleada de bar, cabello teñido rubio, demasiada ebria al principio fue adquiriendo nitidez hasta que la asesinaron las ideas y sus nebulosas renuentes. Tenía más de doscientos cincuenta años a pesar de lucir joven, y aunque vulgar, vivía como vivían los semidioses de una antigüedad inaudita.

Yo pude haberla reconocido, la veo de niña y es amable como el cauce blando de un arroyo; también sabía trabajar la impostura. Amaneció muerta hace unos días sobre el cielo mugriento atragantado de noches; fuera de eso nada es distinto, habrá edificios viejos en demolición para volverlos a alzar, entonces habrá que echar el escombro a un saco muy grande, con otros cuerpos y basuras. Pero hay objetos que rebasan las dimensiones establecidas, y no hay cómo barrerlos u ocultarlos debajo de la alfombra.

91

En la caja de huesos y bichos se aquieta de repente la muñeca lasciva de su infancia, desnuda, con el esperpento de su cabellera, con la mirada de autista sobre las barras frías, o tras la estática insomne del mudo televisor. Dice que no es mala, en mi tormento auditivo se redime como diosa profana, naufraga de felicidades arcaicas a ruindades contemporáneas.

Tirada al suelo las secas lamidas la sobrevivieron. Ella también fue formando un bulto, de canicas, tierra caliente, atardeceres, paseos en bicicletas *barbie,* caídas y desfloramientos.

Cada domingo, la muñeca lasciva de la diosa-niña me visita desde otro cuarto, insiste en llevarle ofrendas a su tumba. Autorretrato. Le digo que las deje sobre la cama que tiendo para ellas y que se siente en mis piernas. Le digo que aún hay que excavar la tierra, poner una losa blanca y hacer una marcha fúnebre.

92

Tener la osadía de escribir, creer que lo que se dice es importante, que antes que todo fue el verbo conjugado en la primera persona. Las palabras rebotan en la cuenca de la cabeza, en siseos de baja frecuencia que me enferman. Salgo a dar un paseo por el cementerio. Las pelotitas rojas y negras resbalan raudas y estruendosas por las escaleras a beber del silencio de afuera, evaden a las ratas y a las estatuas adormecidas sobre esponjosos cartones y papel periódico de la nota roja, pacen por el pasto seco de las tumbas numeradas, habitaciones de motel a las que se va de paso, quieren cazar un fantasma con la ouija para que les dicte un libro, pero no estamos aquí por eso, el miedo es cósmico y el lenguaje solamente alfabético.

El sistema nervioso destazado, tiembla hasta la última célula epidérmica, se rompe como un cristal por la imprudencia de una piedra. D. me sigue, me encuentra, me dice te he estado buscando oí puertas y ruidos en la escalera, pensó cosas feas, cargó con un revolver viejo, el único que poseía, estaba en el trance paranoico de que lo matarían, de nuevo, ejecutado por fuego de bando ambiguo. Supo que venía por tierra de panteón, creyó que se entrometía bastante.

Pongo las cosas en su sitio, un muerto en una tumba con su flor, la sin nombre es la adecuada, sólo hay que nombrarla; flor sintética, se la muestro. D. entonces toma la seriedad del duelo frente a un montón de tierra apilada y una cruz de madera barata que debió haber tenido una inscripción un día; entre tumba y tumba hubo fosas clandestinas y frescas, la tierra se sentía blanda.

D. replica por nombres que nunca nadie supo, ausentes, borrosos de los que a veces sólo se recordaba una letra.

Ana anémica de huesos hallados en la arena

Pamela prados de miel que lenguas agrias no supieron lamer

Marisela marasmo de tristeza cuando ahogaron en el mar tu risa aérea

Verónica verdad de sueño terrible que sale de tu boca negra

Laura laurel oscuro arrancaron tus ojos y tu fruto

Beatriz los buitres ataviaron con tu cuerpo su alimento

Claudia ataúd de día claro con claveles lanceolados

Alma vendida al diablo

Perla barroca mercancía erótica

Patricia por mi hija, dice D. Pero ella no lo conoció y transferí mi culpa a su paternidad fantasma. Lo insto a que diga algo, una oración, un trozo de rezo, que crea al menos por este momento porque yo no puedo hacerlo y se prometa a los muertos en un lugar mejor, que las letanías son eufónicas y patéticas, que conmueven a la catarsis, a un consuelo, vaga aceptación.

…gimiendo y llorando en este valle…

No. Que venga el diablo y nos lleve, mejor.

Azucena Hernández nació y creció en Ciudad Juárez, Chihuahua (México). Hija de migrantes y clase obrera, emigró a Estados Unidos en el 2007, y desde entonces lleva un muro divisorio en la geopolítica de su existencia. A veces extraña Ciudad Juárez y sus pasiones desordenadas, el pozo que se abre a las entrañas de un infierno, y a un par de amigos que le quedan. Ha trabajado en la literatura y en la enseñanza del español en la Universidad de Texas, en El Paso, y en la Universidad de California, Berkeley. Actualmente vive en el área de la bahía, en California (Estados Unidos), y es coeditora de *Tiresias. Documento literario.*

www.ingramcontent.com/pod-product-compliance
Lightning Source LLC
Chambersburg PA
CBHW031850170626
46807CB00004B/1662